Monika Detering & Horst-Dieter Radke

BLÜTENREINE WESTE

Ein historischer Mülheim-Krimi

SUTTON KRiMI

Hochheimer Straße 59
99094 Erfurt
www.suttonverlag.de
www.sutton-belletristik.de

Gestaltung und Satz: Sutton Verlag

ISBN: 978-3-95400-136-1

Druck: Aalexx Buchproduktion GmbH, Großburgwedel

Prolog

Es ging nicht. Er konnte nicht weitergehen, musste sich gegen die raue Hauswand lehnen, begriff nicht, was mit ihm geschehen war oder gerade geschah, Schweiß stand auf seiner Stirn, er keuchte hustend, würgend, und sein Atem stockte. Dann kam alles gleichzeitig – er kotzte unter Schmerzen alles zuvor Gegessene aus. Der Magen war wie auseinandergerissen, gleichzeitig versagte sein Schließmuskel. Er rutschte an der Hauswand hinunter, riss sich die Hände am groben Mörtel auf, raffte sich wieder hoch und stolperte weiter. Sein einziger Gedanke war: *Ich muss zu ihr.*

Kopfschmerzen bohrten, klopften, hämmerten. *Hilf mir! Mir ist hundsmiserabel schlecht, Gott, ich kann nicht mehr …* Ihm war, als hätten seine Gedanken Aussetzer. Nichts ließ sich mehr richtig zuordnen.

Schweiß und Tränen rannen. Es war ein stilles, schon erschöpftes Weinen. Immer wieder musste er stehen bleiben, diese Krämpfe in den Beinen … Nach schier endlos scheinender Zeit stand er vor dem Haus und kam nicht hinein. Er schaffte es einfach nicht. Er wollte die Haustür aufstoßen und sackte zusammen.

An diesem Märztag des Jahres 1950 war die Luft, die der Wind über die Ruhr trieb, ungewöhnlich mild. Noch waren die Bäume kahl. Kahl und nackt wie die Ruinen.

Nach endloser Zeit hörte er die vertraute Stimme. »Was ist? … Hömma, hast du getrunken? … Igitt.«

Er stierte. Hustete, sog mit erschreckend lautem Pfeifen die Luft ein.

»Reiß dich zusammen. Steh auf. Ich helfe dir.« Er wurde in den Hof gezerrt, seine Füße schleiften über den unebenen Boden. Er fühlte, wie sie ihn auszog. Er fror grässlich, zitterte, hörte ihr strenges: »Bleib gerade!« Es klang wie ein Befehl, aber ihm kamen ihre Worte wie Musik vor.

Er betrachte sich von außen, sah seine gekrümmte Haltung, stellte für einen winzigen Moment fest, dass er dürr wie ein Häftling war und sie ihn gegen die Wand stellte. Schon schleppte sie zwei volle Wassereimer heran, begoss ihn wie ein Schwein. »Gez bisse wieder fein.«

Seine Nerven versagten. Erst zuckten die Augenlider, dann das Gesicht, gleichzeitig die Schulter, dann die Beine. Sie griff nach seiner Hand und zog ihn hinter sich her, es war ihm egal, er wünschte sich nur Wärme und Ruhe, ein Bett und dass das, was ihm geschah, aufhören möge. Wie aus weiter Ferne sah er, wie sie ihn ins Haus bugsierte, die Treppen hochschob, nackt, wie er war. Und dann geschah es wieder. Er konnte es nicht aufhalten. Übelriechendes rann ihm wie von selbst die Beine herunter. Sie zerrte ihn ins Badezimmer.

~ ⋆ ~

Er spürte sie mehr, als dass er sie sah. Aber sie saß neben ihm und musste ihn in ihr eigenes Bett gelegt haben. Er fühlte Warmes in Höhe des Magens. Seine Hand tastete. Eine Wärmflasche. Und ehe er sich darüber freuen konnte, über die Wärme, die Fürsorge, wurde es so mühsam, zu atmen. Grauenvoll mühsam.

Während die Frau noch überlegte, einen Arzt zu rufen, hörte er auf zu atmen. Und es brauchte lange Minuten, bis sie seinen Tod realisierte und wie erstarrt sitzen blieb.

So fand Alfred sie vor, als der auf der Suche nach der Quelle des Gestanks in der Wohnung in ihr Schlafzimmer schaute.

1.

Eigentlich hätte Alfred Poggel aufs Klo gemusst. Aber er hasste die dunkle, stinkende Toilettenanlage im Mülheimer Polizeipräsidium. Außerdem wollte er das Gespräch schnell hinter sich bringen.

Er stieß gegen den Stuhl, der immer hier im Flur stand. Erinnerte ihn jedes Mal an einen Arme-Sünder-Stuhl. Er zog seinen schlammfarbenen Wollmantel aus und legte ihn auf die glänzende Sitzfläche. Alfred drückte sein Kreuz durch, knöpfte das graue Jackett zu und zog den Schlipsknoten fester. Das gab ihm Halt. Er drapierte den Mantel – abgeschabt an den Ärmelkanten und dem Revers – sorgfältig über seinen linken angewinkelten Arm. Klopfte und wartete. Eine näselnde Stimme rief: »Herein!«

In diesen Raum kam nur wenig Licht. Der Mann thronte in dem schweren Stuhl mit den Schnitzereien. Auf dem Mittelscheitel im grauen Haar spazierte eine Fliege. Dennoch blieben seine Arme auf der Lehne liegen. Nur der Zeigefinger der rechten Hand klopfte leise im nervösen Rhythmus auf das polierte Holz.

»Poggel, endlich! Setzen Se sich und legen Se ab.«

Der Staatsanwalt wirkte jovial. Kriminalpolizeiinspektor Alfred Poggel legte seinen Mantel, der seit Jahren zu ihm gehörte, über die Stuhllehne. Auf den munter scheinenden, überschlanken Mann vor ihm reagierte er verhalten. Er kannte ihn und seinesgleichen. Die hatten vor fünfundvierzig auch auf hohen Stühlen gesessen. Vor der Niederlage sprachen sie Unrecht, und jetzt sollen sie angeblich Recht sprechen. *Wer's glaubt,* dachte Alfred voller Verachtung. Sah die Akte »Katthöfer« auf dem mächtigen und Abstand schaffenden Schreibtisch des Dr. Richard Goeke liegen. Da wurde er hellwach, konzentriert und misstrauisch. Und überließ es dem Staatsanwalt, den nächsten Schritt zu tun.

»Diese Angelegenheit sollte endlich abgeschlossen werden«, sagte Goeke extrem näselnd, schlug den Umlaufordner auf, sonderte ein paar »Hms« ab und sah Alfred nicht an.

»Ich fasse das Ganze noch mal zusammen, damit Sie den Ablauf besser verstehen.« Goeke blickte seinen Gast beinahe ausdruckslos an. Das war einer jener Blicke, bei denen Alfred wütend wurde, weil er sich davon auf fatale Weise gedemütigt fühlte, die ihn daran erinnerten, dass er eigentlich nicht der Inspektor war, der er hätte sein sollen. Um seinen Ärger nicht zu zeigen, schaute Alfred auf das Bild hinter dem Staatsanwalt. *Früher hing da mal der Adolf,* erinnerte er sich. *Hat Goeke schnell eine unverfängliche Chagall-Reproduktion hingehängt. Aber die Schmutzränder vom Hitler sehe ich trotzdem noch.*

»Hören Sie mir eigentlich zu? Träumen können Sie zu Hause! Also, die Anzeige richtet sich gegen den ehemaligen Oberwachtmeister Klößmann und die Brüder Frenzke. Im Protokoll der ersten Aussage steht unter anderem: ›Diese Leute haben mich 1938 in absolut unberechtigter Weise verhaften lassen und wollten mich in ein Konzentrationslager abschieben. Dabei kam es zu Misshandlungen.‹« Dr. Goeke seufzte und strich nachdenklich über das matte Dunkelblau seines Jacketts. »Wir wissen, dass Fritz Katthöfer sich damals jahrelang verstecken konnte. Jetzt ist er wieder da und will, dass die drei zur Rechenschaft gezogen und möglichst auch verhaftet werden. Richtig so?«

»Genau«, sagte Alfred, der es für besser hielt, im Augenblick nicht zu viel zu sagen. Er wusste ja, was dieser Katthöfer wollte. *Hoffentlich kapiert's Goeke auch.*

»Er verlangt eine Entschädigung, weil sein Haus damals beschlagnahmt wurde und angeblich Wertgegenstände und Einrichtung und … ach, welch lange Liste. Nun ja, im Nachhinein kann man vieles gehabt haben.« Goeke blätterte und blätterte. Es hörte sich unwirsch an.

»Ich glaub's nicht – wie viel will der? Dreiundzwanzigtausend Mark? Ja, wofür denn? Dass sein Haus zerbombt wurde, dafür konnten doch weder Klößmann noch die Frenzkes was.«

»Das Haus stellt er nicht in Rechnung«, sagte Alfred, beugte sich vor und tippte auf einen Absatz des mit Schreibmaschine geschriebenen Protokolls. »Steht da doch. Er stellt nur die Wertgegenstände und die wertvolle Einrichtung in Rechnung. Daran sollen sich diese drei und wahrscheinlich noch andere aus der Partei bereichert haben.«

»Vorsicht, Herr Poggel. Alles nur Behauptungen. Sie sagen ja selbst: wahrscheinlich. Gott ja, Ihre Vermutungen auch immer … Denken Sie einmal logisch. Einmal! Außerdem ist nicht alles damals schlecht gewesen.«

»Sehe ich anders«, erwiderte Poggel nach einer langen Sekunde. Er dachte an seinen ehemaligen Chef, inzwischen in leitender Stellung in der Wirtschaft. *Nicht alles schlecht gewesen? Je nach dem, aus welchem Blickwinkel man es betrachtet.*

Alfred Poggel rutschte unauffällig auf seinem Sitz herum. *Für die Untergebenen gibt's nur harte Stühle … Und Goekes Meinung geht mich jetzt nichts an.* Er wartete auf dessen Antwort, blickte auf seine mausgraue Anzughose, entdeckte einen Fleck, begann ihn mit dem Fingernagel wegzureiben, wartete immer noch, hob den Kopf und blickte den Staatsanwalt eindringlich an: »Sie wissen doch – nur auf Gefühle hin gibt's bei mir keine Vernehmungen. Ich habe Zeugen befragt. Die Protokolle befinden sich ebenfalls in der Katthöfer-Akte. Dass der Mann verprügelt wurde, haben damals einige gesehen. Und auch, dass die verdächtigen Personen so manches wertvolle Möbelstück aus dem Haus getragen haben.«

»Unstrittig ist aber auch, dass sich Herr Katthöfer seiner Verhaftung entzog«, sagte der Staatsanwalt, während er weiterlas. Die Fliege kreiste jetzt über dem Mittelscheitel. »Oberwachtmeister Klößmann sollte ihn festnehmen …«

»Weil ihn jemand anschwärzte.«

»Das sagen Sie. Aber so alte Geschichten müssen genau nachgeprüft werden. Und das geht kaum. Sie hätten mich von Ihren Zeugenbefragungen in Kenntnis setzen müssen. Immer recht eigenmächtig dabei, der Herr Poggel. Wie soll ich denn so etwas prüfen können?« Goeke setzte einen gereizten Blick auf. »Es steht uns heute nicht zu, darüber zu urteilen, weshalb der Katthöfer verhaftet werden sollte, sondern nur, darüber zu befinden, was mit dessen Anzeige geschehen soll.« Wieder wendete er die Blätter hin und her. Sie schienen ihm lästig zu sein.

»Wenn sich ein Anfangsverdacht nicht begründen lässt, dann«, Goekes Räuspern klang arrogant, »werde ich die Sache gar nicht erst zulassen. Ist doch alles eh kaum noch zu klären. So etwas belastet nur unser Gericht. Die Mitarbeiter haben wichtigere Fälle abzuarbeiten. Ja, und die Staatskasse … Wollen *Sie* etwa solch einen unnützen Prozess bezahlen?« Leise begann er vor sich hin zu singen:

»Wer soll das bezahlen,
Wer hat das bestellt,
Wer hat so viel Pinke-pinke,
Wer hat so viel Geld? …«

Alfred überhörte alles. Er fand das Geleiere absurd. *Die Beleidigungen bekommt Goeke später zurück, wenn der nicht mehr an dieses Gespräch denkt. Und jetzt dieses Gesinge, falsch noch dazu.* Alfred unterbrach ihn: »Was kann nicht geprüft werden?« Er versuchte, ein wenig dämlich auszusehen. Eine seiner Taktiken war, den anderen glauben zu lassen, dass er etwas schwach im Denken sei. Dann verloren die anderen ihre Vorsicht. Wurden gönnerhaft. Phrasten rum und erzählten zu viel. Goeke hörte auf zu singen. »Na, das mit den Misshandlungen und ...«

»Doch, steht in den Protokollen. Dafür gibt es Zeugen, und die leisten alle einen Eid, wenn es drauf ankommt.«

»Ein bisschen Prügel ist keine Misshandlung. Hat noch niemandem geschadet.«

»Dem Fritz Katthöfer aber schon. Das Trommelfell des rechten Ohrs wurde zerstört. Seitdem ist er schwerhörig. Sein Nasenbein brach bei der Schlägerei, wuchs schief zusammen – sieht man heute noch.«

»Immerhin widersetzte er sich der Festnahme.« Goeke stemmte beide Hände auf die dunkle Schreibtischplatte und spreizte die schlanken Finger. Das sollte wohl Entschiedenheit signalisieren, wirkte aber auf Alfred eher wie gespreizte Entenfüße.

»Erst nach den Misshandlungen. Erst dann ist er abgehauen.«

»Also rennen konnte er noch, da wird es vorher schon nicht so schlimm gewesen sein.«

»Die ärztlichen Atteste finden Sie übrigens auch in seiner Akte.«

Goeke nahm seine Hände vom Tisch, guckte verdrossen und zog zwei Blätter heraus.

»Doktor Strawe, vom dreiundzwanzigsten achten achtunddreißig. Na, das ist aber … der hatte die Frechheit und ist damals noch ins Krankenhaus gegangen?«

»Warum nicht?«

»Und Strawe stellte ihm ein Attest aus? So etwas ließ man dem durchgehen? Wenn ich das gew–« Der Staatsanwalt unterbrach sich mit einem künstlichen Hustenanfall. »Oder hat Katthöfer den Wisch womöglich selbst geschrieben?«

»Unsinn. Der zeigte in jener Zeit niemandem dieses Attest, er hat es all die Jahre aufbewahrt. Doktor Strawe wusste nicht, woher die Verletzungen stammten.«

»Wer weiß schon, was der Katthöfer dem damals erzählt hat. Und dem soll *ich* heute glauben?«

Alfred hatte längst gemerkt, dass der Staatsanwalt die Angelegenheit abbügeln wollte, vermutlich um einen der drei Täter, oder vielleicht alle miteinander zu schützen. Wahrscheinlich kannte er sie sogar ganz gut.

»Ich möchte den Fall ablehnen. Es gibt Wichtigeres als eine Prügelei, die schon Jahre zurückliegt. Und überhaupt – warum beschäftigen Sie sich damit? Ihre Sache ist Mord, und Fritz Katthöfer lebt ja noch. Mit Misshandlungen plagen sich andere Kollegen rum.«

Poggel erwiderte trocken: »Ich zitiere mal eben den von mir so geschätzten Hans Walder: ›Verdacht hegen heißt, mehr oder anderes zu sehen, als sich zeigt. Ein Verdacht liegt vor, wenn bei vernünftiger Betrachtung von Sachverhalten die begründete Annahme entsteht, dass ein kriminalistisch relevantes Ereignis vorliegt.‹«

»Auswendig lernen zeugt nicht zwangsläufig von Intelligenz.« Goeke knackte mit den Fingerknöcheln. »Manche Leute haben gar keine.«

»Die Anzeige wurde nicht wegen der Misshandlungen aufgegeben«, wandte Alfred ein. »Das Opfer Katthöfer hat Strafanzeige wegen versuchten Mordes aus Habgier und Heimtücke erstattet.«

»Hab's gelesen«, näselte Goeke mit kühlem Blick. »Gebrochenes Nasenbein, beschädigtes Trommelfell – unschön, aber davon stirbt man nicht. Sehen Se ja.« Er lachte. Es klang ungewöhnlich melodisch.

»Sie wollten ihn ins KZ bringen. Und das war versuchter Mord, Herr Doktor Goeke! In seiner Anzeige beantragt das Opfer bei Ihnen Akteneinsicht. Und dazu kann ich Katthöfer nur weiterhin raten. Wenn Sie bei derartigen möglichen Taten nicht die gebotene Härte walten lassen, müssen Sie sich nicht wundern, wenn bald wieder alte Zustände herrschen.« Alfred schwitzte. Sein einziges Nyltesthemd klebte am Körper. So viel zu reden lag ihm nicht. Aber diesem Mann musste er die Zähne zeigen. *Was bildet der sich eigentlich alles ein?*

»Behauptungen!« Jetzt zog ein süffisantes Grinsen über Goekes Gesicht. »Meinetwegen, ein Anfangsverdacht ist gegeben … Aber letztendlich … ich bitte Sie.« Er drehte sein schmales Gesicht in wie stets unnachahmlicher Arroganz zur Seite.

»Aus meiner Sicht und Erfahrung haben wir längst einen hinreichenden Verdacht und somit die Wahrscheinlichkeit einer Verurteilung. Sie können Klage erheben.«

»Sie brauchen mich nicht belehren. Erstaunlich, dass jemand wie Sie das Juristische doch ganz gut kapiert. So ganz ohne Studium.« Goeke lehnte sich zurück und betrachtete Alfred Poggel wie ein hochinteressantes Insekt.

»Sonst wird Katthöfer die Zeugenaussagen an die Presse geben …«, schob Poggel schnell nach. »Sagte er. Und er könne noch andere Namen nennen. Hat er auch gesagt.«

Dr. Goeke bekam rote Flecken auf den glatt rasierten Wangen. »Der ist ja gut. Was will der Mensch? Dem Staatsanwalt und dem Gericht drohen? Dass ich nicht lache.«

Er klappte die Akte zu, schlug mit der rechten Hand darauf, so, als solle der Pappdeckel für immer geschlossen bleiben, und setzte jetzt eine gelangweilt wirkende Miene auf.

Alfred merkte, dass etwas im Gang war. Goeke schob die Mappe über den Tisch.

»Beschaffen Sie mehr Material. Mir reicht dies hier noch nicht.« Der Staatsanwalt stand auf und stützte sich auf dem Tisch ab. So, ein wenig gebeugt, blickte er auf Alfred hinunter.

»Nun?« Das Wort dehnte er, es bekam einen vielfarbigen Klang und konnte alles Mögliche bedeuten. »Und teilen Sie dem Herrn Katthöfer mit, er soll sich gut überlegen, wem er hier droht. Und Sie überlegen, für welche Fälle Sie sich einsetzen. Dass Sie Inspektor wurden, verdanken Sie einzig allein nur der Personalsituation von sechsundvierzig. Aber inzwischen ist das wieder anders. Gott sei Dank.«

Arschloch! Alfred steckte den fleckigen Umlaufordner in seine abgegriffene Aktentasche, neben die leere Butterbrotdose aus Blech. Die Akte wollte er lieber nicht bei Goeke liegen lassen. Wer weiß, wie sie sich sonst über Nacht verändern würde. Möglicherweise gab es dann plötzlich keine medizinischen Gutachten mehr. Möglicherweise war dann der Ordner ganz leer.

Er nahm seinen Mantel und verließ mit einem gemurmelten »Wiedersehen« den Raum. Die Fliege, die die ganze Zeit den Staatsanwalt umschwirrt hatte, flog mit ihm.

Alfred Poggel raste zur Toilette. Gestank war ihm jetzt egal. Er hatte ein ungutes Gefühl. Da war noch etwas, was der Staatsanwalt ihm verschwiegen hatte. Das musste er herausbekommen, dann hatte er ihn. Den Klößmann kannte er noch, war ja damals ein Kollege gewesen. Einer von denen, die erst richtig Auftrieb bekommen hatten, als die Braunen an der Macht waren. Plötzlich war aus dem tranigen Schupo ein Polizeiobermeister geworden, obwohl der noch nicht einmal einen gescheiten Schulabschluss vorweisen konnte. Und jede Aktion machte der mit, ob die offiziell war oder nicht. So untragbar war der, dass er nach 45 nicht wieder in den Polizeidienst genommen wurde. *Und den will Goeke schützen?*

Das Material am besten heute Abend noch einmal gründlich durchlesen. Viel lieber würde er ja den Roman über diesen Schweizer Polizeikommissar weiterlesen, den … Stuber? Stuter? … aber solche Liebhabereien mussten warten … Und eine neue Bleibe brauchte er, ganz dringend musste er sich jetzt darum kümmern, damit er nicht auf der Parkbank landete.

2.

»Heinz! Du stinkst. Wo biste gewesen? Komm rein. Haste die Bratheringe vonnen Mludek? Bring sie in die Speisekammer. Mannomann, tut mir das Kreuz weh.« Die Frau setzte sich eine halbe Minute lang auf einen Stuhl, den letzten neu ergatterten, stöhnte und schwang dann behände ihre einsachtundfünfzig wieder hoch. »Und Sie – sind wer?«

»Poggel, Alfred Poggel. Ich möchte das Zimmer.«

»Dat haben Se ja noch gar nicht gesehen. Und – woher wissen Sie davon?« Ihr Blick war listig. »Haben Sie sich die Schuhe auf der Matte abgeputzt?«

Er nickte. »Hinter solch schöner Tür ist auch ein schönes Zimmer. Woher? Nun ja.«

»Nun schmieren Se mir man keinen Honig um dat Maul. Dat zieht nicht. Hausflur und Treppenhaus haben im Krieg was abgekommen. Aber da kenne ich anderes. Die Risse werden Se sicher beim Hochgehen gesehen haben. Ich geh denn mal vor.«

Die Frau mit dem hochgesteckten braunen Haar zeigte unbestimmt geradeaus: »Dat ist der Flur.«

Alfred sah erst die potentielle neue Vermieterin an, beobachtete ihre schnellen Fingerbewegungen, entdeckte, dass die Hände außerordentlich gepflegt waren. Dachte, *gute Frau, das sehe ich auch. Ein Flur, was sonst? Und vorstellen könnte die Dame sich auch.*

Vor der zweiten Tür rechts blieb sie stehen, drückte die messingfarbene, schmale Klinke hinunter und öffnete: »Bitte schön. Gehen Sie rein, da ist keiner, der beißt.«

Alfred unterdrückte ein Gähnen. Ihm war alles egal, er brauchte dringend was zum Wohnen, aus dem letzten Zimmer hatte man ihn rausgekündigt, wegen Eigenbedarf, weil dort der Mann aus der Kriegsgefangenschaft zurückgekommen war. Was aber auch nicht so schlecht war, denn gegen die Avancen der Frau hatte er sich kaum noch zur Wehr setzen können. Die war einfach nur noch nervig, hatte Nachholbedarf, den er nicht befriedigen wollte. Er schaute die kleine Dicke, die sich neben der Tür aufgestellt hatte, noch einmal an. Ob er bei ihr in die gleiche Bredouille kommen würde? *Quatsch,* wies er sich zurecht. Dann schaute er ins Zimmer. Sah Parkett, richtiges Parkett, so etwas hatte er zuletzt vor dem Krieg gesehen. Einen Kohleofen mit silbernem Rohr, eine leere, verbeulte Kohlenschütte und ein neu glänzendes Blech davor. Drei große gardinenfreie Fenster – von hier aus konnte er auf das Broicher Ruhrufer blicken. Auf Schornsteine, die in den Himmel ragten, auf das graue Grün der Büsche und zerstörte Häuser. *Fast überall das Gleiche,* dachte er. *Geh ich doch lieber im Rumbachtal spazieren …*

Ein Nähkorb stand auf dem Fußboden. Er schob ihn mit dem Fuß zur Seite.

Dort, wo das Licht nicht hinkam, war unter der Decke eine Schiene angedübelt, und daran hing ein schwerer, dunkelbrauner Vorhang.

»Dahinter können Se schlafen. Da brauchen Se ja nichts sehen.«

Er schob den Stoff zur Seite, roch vorsichtig daran, Zigarre, Staub und tausend Jahre. In dieser abgeteilten Nische waren Licht und auch das Parkett am Ende. Fast wäre er über lose ausgelegtes Balatum gestolpert. Aber er hütete sich, etwas zu sagen. Denn alles sah sehr sauber aus. Er drehte sich um und stieß mit der Frau zusammen.

»Na?« Die Frau sah ihn irgendwie lauernd an.

»Fein.« Alfred war keiner, der lange Sätze sprach.

»Großartig, nicht wahr? So was gibt's kaum noch. Dann zeige ich Ihnen jetzt die Küche.«

Er ging hinter ihr her und sah wohlgeformte Waden. *Nicht übel. Eine Wirtin fürs Auge, und so ungefährlich ist die nicht.*

»Merken Se sich, fünfte Tür rechts – Küche. Muss ich ja wohl nicht dranschreiben.«

»Müssen Sie nicht.«

Schon standen sie in dem Raum, Kochmaschine und auch jenen Heinz von eben inbegriffen. Riesentisch mit Wachstuchdecke. Zwei Büfettschränke, Stühle und immer noch genügend Platz. Auf der Fensterbank mickerte ein Alpenveilchen. Daneben stand ein Unterteller mit einer abgebrannten Kerze. Poggel ging zwei Schritte in den Raum und betrachtete die Einrichtung. An der Seite des einen Küchenbüfetts klebte noch ein Preisschild: »Mattierte Birke, 520 D-Mark«. *Kann die sich so teure Möbel leisten? Verdiene ich ja kaum im Monat.*

Auf der Büfettablage lagen noch einige Stücke Kalte Schnauze. Alfred lief beim Anblick des Schichtkuchens das Wasser im Mund zusammen. Die weiß emaillierte Kochmaschine gab Wärme ab. Auf den Herdringen stand ein Topf. Es roch nach Erbseneintopf. Daneben standen ein Wasserkessel und eine Kanne. Der Duft von Kaffee mischte sich mit dem des Eintopfs.

»Einen Kühlschrank gibt's auch, gehn Se da bloß vorsichtig mit um. Der ist neu. Wenn wir einig werden und uns vertragen, dürfen Se nach Absprache selbst was auf meinem guten Herd kochen. Einen neuen gibt's bei mir noch nicht.

Und kein Gefummel am Ofenrohr. Das hält jetzt. Vorher kamen immer mal Flammen raus. Seien Se sparsam mit den Kohlen, ich nehm lieber Briketts, die halten länger. Kann sein, dass die Kohle bald wieder teurer wird. Nicht wahr, Heinz?«

Der bisher stumme Mann stand da, nach vorn gebeugt, als würde sein Rückgrat ihn nicht halten können, und sah nicht aus, als ob er auch nur ein winziges Spiegelei zustande bringen würde. Dieser Heinz grinste schief und zwinkerte Alfred zu. Der solches zu vertraulich fand. Dieser Mensch war ein Hungergesicht und erinnerte ihn an einen besonders erfolgreichen Schieber vom Gelsenkirchener Schwarzmarkt – dort, wo er selbst immer das Falsche ergattert hatte. Unangenehm vertraulich wirkte er trotz des dünnen Firnisses Aufrichtigkeit im Gesicht.

»Aber danach aufräumen. So was vergessen Männer immer. Immer!«, redete die Frau in seine Gedanken und stampfte nachdrücklich mit dem linken Fuß auf.

Er nickte. Und stellte für sich fest, *eigentlich haben kleine Dicke kleine Füße. Aber die hat ziemlich große und falsches Schuhwerk – so, wie die Absätze schiefgetreten sind …*

»Also, gefällt's? Was machen Sie beruflich, ich meine, einen ohne Arbeit, den nehm ich nicht. Das hatte ich schon. Letztens einen vonner Saarner Kirmes. Hat mir sonst was erzählt und mir zehn Freifahrten im allerneuesten Karussell versprochen. Nix war. Also, mein Herr, lügen Se mich nicht an.« Sie zog ihr geblümtes, kunstseidenes Kleid glatt. In der Mitte hielt ein schmaler, kunstseidenbezogener Stoffgürtel die pralle Fülle zusammen.

Daraufhin zupfte Alfred sein Jackett glatt.

»Beamter«, sagte er. »Bei der Polizei.« Dann nach einer kurzen Pause: »Ledig und noch nicht fünfzig.«

Die etwas eng zusammenstehenden, warmbraunen Augen der Frau musterten ihn flink, abschätzend, gingen an ihm rauf und runter wie eine hungrige Maus. »Polizei im Haus, hatte ich noch nie. Warum nicht? Ja nun. – Die Miete«, da stockte sie, schien zu rechnen, »acht Mark und fünfundsiebzig Pfennige pro Woche, mit Küchenbenutzung nach Anmeldung und das Bad. Danach haben Se ja noch gar nicht gefragt. Ist so einem Feinen wie Sie wohl peinlich?«

Alfred beobachtete, wie dieser Heinz jetzt überheblich grinste und im Nebenraum verschwand.

»Meine Abstellkammer. Ich weiß schon, was er da macht. Knibbelt am Brathering, ist immer so hungrig, der Mann.«

Bei »Brathering« zog sich dem Polizisten der Magen hungrig zusammen. Er schluckte. »Und dazu machen Sie sicher Bratkartoffeln …«

»Mit Zwiebeln oder Schmalz. Und, wenn ich's kriege, mit frischem Speck.«

Wieder schluckte er und bewunderte eine Minute später das Badezimmer, die Badewanne, sah die Wäscheleine darüber mit tropfenden Perlonstrümpfen, das Klo mit dem Holzdeckel, Zeitungsschnittpapier an einem Haken, den Gasboiler und freute sich schon jetzt auf ein heißes, ausgiebiges Bad mit gehobelter Kernseife. *Wann habe ich so etwas zuletzt gehabt?*

»Abgemacht«, sagte er jetzt mit autoritärer Amtsstimme, »ich ziehe morgen ein. Achtfünfundsiebzig die Woche und ein Jahr lang erhöhen Sie nicht.«

Die Frau riss den Mund auf, die Augen, hielt ihm die Hand hin: »Gut. Ich bin Anna Puff, verwitwet, ich putze Ihr Zimmer – ist bei all meinen Mietern Usus –, macht einen Zuschlag pro Woche von sechzig Pfennigen. Besser kriegen Sie es nicht, nicht mit der Aussicht und so angenehmen Mitbewohnern. Sie haben Leute, die Ihnen beim Möbeltransport helfen? Ich kann nicht tragen. Mein Kreuz … Keinen Dreck machen, darum bitte ich, der Kohlenkeller – den zeige ich noch, und wenn Sie die Kohlen hochholen, denken Sie daran, für mich immer eine Schütte mitbringen. Und keine Glut vor dem Kanonenofen in Ihrem Zimmer verstreuen! Nicht zu voll mit Briketts stopfen. Dann zieht der nicht richtig. Ach ja, einen kleinen Verschlag kriegen Sie auch noch. Ist das nichts?«

Wieder nickte Alfred und dachte über das Putzgeld nach. *Die Frau ist raffig. Aber ich brauche das Zimmer. Jetzt.*

»Nazi?«, fragte sie. »Waren Sie in der Partei?«

»Nein.«

»Sagen die meisten. Keiner war drin. Sagen, dass sie nie was gehört und gesehen haben.«

»Nein«, bestätigte Alfred noch einmal. Mehr ging diese Frau nun wirklich nichts an.

»Als Beamter haben Sie ja ein geregeltes Einkommen. Ich hätte dann mal vorab die Miete für eine Woche, ab heute – von Dienstag zu Dienstag. Mein Putzgeld rechnen wir zum Monatsende ab.«

Er ließ es sich quittieren. Beobachtete, wie Anna Puff Betrag, Datum und Namen in ihr Mietbuch schrieb.

»Unten im Hausflur«, begann er, »habe ich Koffer, Kartons und so einiges stehen. Ich hab's schon zusammen mit einem Kollegen im Dienstwagen gebracht. Ich kann die Sachen gleich bei Ihnen deponieren?«

»Heinz, kommst du mal? Hilf dem Herrn Oberpolizisten damit.«

Als beim dritten Gang Heinz mit einer wackeligen Stehlampe kam und Alfred Poggel einen seilverschnürten Karton raufschleppte, schüttelte Anna Puff den Kopf und starrte mit neugierigem Blick darauf.

»Schreibmaschine!« Er tippte auf den Karton. »Telefon? Haben Sie ein Telefon?«

»Da hinten, an der Wand. Neben meinen Räumen. Aber nicht, dass Sie täglich telefonieren wollen und ich alles Mögliche über Mord und sonst was in Mülheim höre. Tote, ja, die haben wir genug gehabt. Mein Hugo ist auch gefallen. Und der Heinz besitzt ebenso eine Schreibmaschine, aber die steht nicht hier, Heinz wohnt woanders …«

Heinz stellte sich neben sie. »Hugo war Frau Puffs Mann.« Alfred hätte eine so tiefe Stimme bei diesem ausgemergelt wirkenden Mann nicht erwartet. Jetzt seufzte Heinz schwer, fast schon theatralisch, und streichelte Anna Puffs Hand. Da stahl sich ein weicher Ausdruck in ihr breites Gesicht.

»Dann will ich mal. Muss arbeiten. Gibt reichlich zu tun«, rang sich Alfred die vielen Sätze ab. »Morgen Abend komme ich mit dem Rest.«

»Ich hab Hunger, Anna. Die Heringe …«, nörgelte Heinz.

»Schäl die Kartoffeln, Schätzken. – Wiedersehen, Herr …«

»Poggel«, ergänzte Alfred.

»Sicher. Morgen stell ich Ihnen die anderen Mitbewohner vor. Und natürlich – das gilt auch für Sie – abends ab acht kein Licht mehr anmachen. Wegen der vom Erhard verordneten täglichen zwei Sperrstunden. Nehmen Se Kerzen. Kann ich Ihnen verkaufen. Und keine Damenbesuche nach zweiundzwanzig Uhr. Mir macht's nichts, wenn Ihre Freundin bis elf bliebe, aber unsere Diakonisse, also eine ehemalige, die Schwester Anita, kennt so was nicht, die wollen wir doch nicht erschrecken.«

Der Polizist dachte an anderes. Heute Nacht würde er zur Feier des Tages mit der Bahn nach Styrum fahren. Zu Thekla. Bei ihr brauchte er nicht viel reden. Manchmal auch gar nicht. Und Thekla, die würde nie im Leben in diese feudale Broicher

Etagenwohnung kommen. Die nicht. Die empfing in ihrer Wohnung.

Schließlich musste jeder und jede auf seine und ihre Weise sehen, wie man in diesen Jahren nach dem Krieg über die Runden kam.

~ * ~

»Bleib doch noch!«

Heinz Lennewegs sah auf Anna Puff herunter und schüttelte den Kopf. »War lecker, der Hering und die Bratkartoffeln. Wünsche einen schönen Nachmittag.« Wieselflink schob er sich vorbei und warf, wie immer mit dem Fuß, die Korridortür mit einem scharfen Knall zu.

Leise sagte Anna: »Ach ja, der Heinz. Wenn er satt ist, will er stets wieder wech. Ich weiß doch, was er draußen so treibt. Zumindest ahne ich's. Der kungelt … Wie viel Mühe ich mir mit ihm mache. Hat er eigentlich gehört, dass nun ein Polizist hier wohnt? Hat er wohl nicht kapiert, hat nur an Hering gedacht. Sieht ja auch aus wie einer, so mager wie er ist. Aber so emsig, so emsig … Und einen Beschützer brauche ich in diesen Zeiten. Jedenfalls vor den Leuten und all diesem Gesocks da aus Ostpreußen und so. Nachher wollen die hier auch noch wohnen. Mit Männern im Haus klappt es sowieso viel besser. Frauen würden selbst putzen, da käme ich nicht mit durch. Wische eh nur mal kurz über den Boden, aber so was sehen Männer nie.«

3.

Alfred hatte in der Küche Kaffee aufgebrüht und ihn heiß, ungesüßt und schwarz wie Kohle runtergeschlürft. Jetzt war er wach.

Ein Blick aus dem Fenster zeigte grau. Grauer Himmel, graue Häuser, graue Gardinen gegenüber. Nur Theklas Gardinen waren immer weiß, darüber hatte er vom ersten Besuch an gestaunt. Wo doch der Kohlenstaub überall hinzog, Häuserfassaden schwärzte, durch Fensterritzen kroch, sich auf Gardinen und Fensterbretter legte.

Schon hielt er das Portemonnaie in der Hand. Alfred zögerte, schließlich war ja nichts passiert. Aber dann griff er doch hinein, holte einen Zwanzigmarkschein heraus und legte ihn auf den Tisch. *Muss alles seine Ordnung haben. Das fehlte noch, dass man mir Vorteilsnahme anhängt. Bestechung vielleicht noch.* Er ging ins Schlafzimmer, wollte der schlafenden Frau über die Haare streichen oder ihr einen Kuss geben oder einfach nur hinschauen. Aber das Bett war leer. Die dicke Federdecke lag zurückgeschlagen, und dort, wo die Frau gelegen hatte, war eine Kuhle. Alfred kniete sich hin und legte die Hand in die Vertiefung, die Theklas Körper hinterlassen hatte. Noch war sie warm. Er legte seinen Kopf hinein, um die sich schnell verflüchtigende Wärme zu spüren – er roch die Frau, neben der er die ganze Nacht gelegen hatte, und schloss die Augen.

»Biste noch müde, Alfi? Dann komm rinn ins Bett.«

Alfred hob den Kopf. Thekla lehnte im Türrahmen, den Bademantel lose über den Schultern, vorne offen. Sonst trug sie nichts. Ihre große, schlanke Figur, die sanft geschwungenen Hüften, die Brüste, rund wie Apfelsinen, … alles erinnerte ihn an etwas, das er nicht gleich fassen konnte. Eine Sehnsucht kam in ihm hoch – und noch etwas.

Sie warf den Bademantel ab, stieg ins Bett, zog eins der aufgeplusterten Kissen über sich und sah auf den immer noch vor dem Bett knienden Mann.

»Was ist, Alfi? Gestern Abend keine Lust, nur Streicheln wollste. Willzes jetzt vielleicht nachholen?«

Alfred zog laut die Luft ein, schüttelte den Kopf und atmete leise wieder aus. »Geht nicht, Thekla. Du weißt, Dienst ist Dienst …«

»… und Schnaps ist keine verlorene Nacht. Schon gut. Bei mir kannst du beides haben.«

Alfred stand auf. »Ich muss jetzt.« Er ging zur Tür, drehte sich noch einmal um. »Bis dann. Ich melde mich.«

Eine Antwort bekam er nicht, es sah aus, als würde Thekla schon wieder schlafen. Leise verließ er das Zimmer und das Haus.

Draußen schloss er sein klappriges Fahrrad von der Laterne los, das er mit einer Kette und einem Vorhängeschloss gesichert hatte. *Ist ja noch manch einer auf den Groschen vom Schrotthändler scharf.* Alfred prüfte die Reifen, befand, dass vorn und hinten genug Luft drin war, schwang sich auf und fuhr, schlingernd, dann geradeaus über das Kopfsteinpflaster huckelnd, davon. Unterwegs kam er bei Juwelier Hamann vorbei, linste ins Schaufenster mit Uhren, Schmuck und Brillen und dachte an eine Kette für Thekla.

~ * ~

Er schob das Rad hinter die Treppe. Das Polizeipräsidium verfügte über stabile Heizungsrohre. Hier machte Alfred sein Gefährt jeden Tag mit der Kette fest. Er hätte zwischendurch auch den Dienstwagen, den VW Käfer, oder die polizeieigene BMW Horax nehmen können. Aber zum einen war er ans Fuß- oder Radläufige gewöhnt, und zum anderen waren VW und Motorrad neuerdings stets unterwegs. Vor allem die Kollegin Stankowski mit der Horax. *Muss man sich mal vorstellen! Ließ frech ihr rotes Haar im Wind flattern, trug weder ein Kopftuch noch eine Mütze und saß so gar nicht damenhaft im Sattel. Schnittger stiert ihr schon dauernd nach. Bringt doch nur Unruhe. Und ich hab das Weib auch noch im Büro.*

Alfred eilte mit federnden Schritten die Treppe hinauf. *Der Katthöfer müsste schon da sein. Bin spät dran.* Er sah in den Flur. Dort ging der Schwerhörige mit dem Hut in der linken Hand vor seiner Bürotür auf und ab, als schlendere er auf einer Promenade. In der Armbeuge trug er einen hellen Mantel. Seine Schritte waren kurz und flink, der Mann hielt sich außerordentlich gerade. *Davon wird der Zwerg auch nicht größer,* dachte Alfred und reckte sich unwillkürlich. *Aber schon wieder ein neuer Anzug? Erbe müsste man sein. So einen schicken hellgrauen Zweireiher möchte ich mal haben. Ich in meiner ollen braunen Gabardinehose, die am Hintern glänzt. Und Katthöfer, der spaziert da wie aus dem Ei gepellt herum.*

Alfred nutzte die Chance, einen Kollegen anzuhalten, um ein paar Worte zu wechseln. Dabei schaute er immer wieder zu Katthöfer rüber, um einzuschätzen, was von dem heute zu erwarten war. Ganz geheuer war ihm der Typ nicht. Er war freundlich, zu freundlich. *Glatt ist der. Und sieht auch noch tausend Mal besser als ich aus …*

»Mach's gut, Alfred, ich muss.«

»Komm gut aus dem Urlaub zurück.«

Endlich ging Alfred auf Katthöfer zu.

»Herr Poggel! Ich warte schon eine geschlagene Viertelstunde. Habe ich mich in der Zeit geirrt?«

»Guten Tag, Herr Katthöfer. Ich wurde aufgehalten.« Er ärgerte sich, dass der Mann die halb angerauchte Zigarette einfach so auf den Flurboden fallen ließ und mit dem polierten Lederschuh austrat. Aber er sagte nichts.

»Sie wundern sich wegen der neuerlichen Vorladung? Ich weiß, Sie haben schon ein umfassendes Protokoll unterschrieben«, antwortete Alfred. Die Umständlichkeit seiner Formulierung wurmte ihn. Katthöfer nickte.

»Es gibt noch Fragen zur Vorgeschichte. Da die Sache nicht ganz einfach ist, muss alles gründlich vorbereitet werden, sonst bekomme ich die ganze Angelegenheit beim Staatsanwalt nicht durch.«

»Fragen Sie«, sagte Katthöfer mit unbewegter Miene.

Alfred schlug die Akte auf. »Geboren 1902 in Essen, Abitur am Helmholtz-Realgymnasium in Essen 1922, Studium der Kunstgeschichte an der Universität zu Köln, Abschluss …« Alfred blätterte in den Unterlagen und sah dann wieder sein Gegenüber an. *Guten Friseur hat der auch. Kann er sich wohl leisten.* Neidisch blickte Alfred auf Katthöfers Haare, die glatt nach hinten gekämmt und im Nacken nicht so scharf ausrasiert waren wie seine. *Obwohl der so ein Winzling ist, steht dem das auch noch, Haare hinten länger, tragen ja sonst nur die Pollacken …*

»Geben Sie sich keine Mühe, Herr Kommissar. Ich habe meine Studienjahre aufs Angenehmste verbummelt und auch keinen Abschluss gemacht. Sie wissen wie das so ist beim Corps? Wahrscheinlich nicht. Heißt eben ordentlich trinken, heißt Fechten und Frauen. Und ich malte und zeichnete viel. Am liebsten ab.« Er lachte. Es war ein geschmeidiges, einnehmendes Lachen, vielleicht brauchte der Mann so etwas. »Dadurch bekam ich die nötige Unabhängigkeit von den Eltern. Ein Bild im halben Jahr und zusammen mit dem knappen väterlichen Wechsel reichte das, um ziemlich gut über die Runden zu kommen.«

»Und was haben Sie abgemalt?«, fragte Alfred.

Katthöfer lehnte sich lässig zurück. »Was gefragt war.« Er strich sich eine Haarsträhne nach hinten, die ihm in die Stirn gefallen war. »Französische Impressionisten waren begehrt. Einen Rubens kopierte ich, der brachte besonders viel. Auch einen feinen Grünewald. An dem habe ich verdammt lange gearbeitet.«

»Sie verkauften die Gemälde als echte?«, staunte Alfred.

»Ach was. Waren ja Aufträge – das lief ganz offiziell ab. Eben Kopien, und die gingen nicht als Fälschung über den Tisch.« Sein Ton klang empört.

»Und davon kann man leben?«

Katthöfer nickte. Alfred sah wieder in die Akten.

»1931 starben Ihre Eltern bei einem Autounfall. Sie waren auf einen Schlag Universalerbe des Industriellen Wilhelm Katthöfer.«

»Ab jenem Tag veränderte sich mein Leben total. Aber plötzlich war auch der Druck weg, etwas werden zu müssen, und so brach ich endlich, im neunzehnten Semester, mein Studium ab und wurde Erbe.«

»Sie malten dann nicht mehr?«

»Doch. Aber nicht mehr für andere. Ich verkaufte alles, auch die väterliche Ventilfabrik. Behielt nur das Haus und …« Katthöfer stockte.

»Und?«, fragte Alfred.

»… und wechselte mein Metier. Vom Kopisten zum Kunstsammler.«

»Finanziell reichte es?«, fasste Alfred nach.

»Ja«, sagte Katthöfer, »und es wurde eine sorgenlose Zeit! Ich war Dandy, einer mit kultivierter Kleidung, Witz und Auftreten. Ich brauchte mich nicht in die Niederungen anstrengender Arbeit zu begeben – schließlich wurde mir mein Elternhaus schuldenfrei hinterlassen, die Konten waren gut gefüllt, Wertpapiere gab's auch, und manches Möbelstück im Haus war nicht nur alt, sondern sogar wertvoll.« Katthöfer hüstelte hinter vorgehaltener Hand, zog ein gebügeltes weißes Taschentuch hervor und tupfte sich die Lippen ab. »Meine Eltern besaßen einen alten roten Mercedes Benz 500 K, der gut gepflegt und prima in Schuss war. Mit diesem Schätzchen reiste ich durch Deutschland und kaufte Kunst auf. Vor allem jene, die später als entartet galt.« Er lachte. Diesmal klang es geckenhaft. »Die Nazis hatten ja keine Ahnung, die brauchten röhrende Hirsche, muskulöse Männer, nackte Frauen, die so erotisch waren wie KZ-Wärterinnen ...«

»Herr Katthöfer!«, warf Alfred ein, um ihn zu bremsen.

»Schon gut. Einunddreißig waren die Nazis noch nicht an der Macht. Gott ja. So mancher ahnte nicht einmal, dass es so kommen würde. Ich gehörte zu diesen Ignoranten, ich dachte mehr an Kunst und an Frauen. So etwas ist doch wesentlich erfreulicher, finden Sie nicht auch, Herr Poggel? Frauen. Schön wie die Nacht, wie die Sünde, wie meine Bilder. Leider habe ich die Nazis auch später noch unterschätzt. Nun, was konnte man von einer Arbeiter-Partei schon erwarten. Ich geb's ja zu. Ich war arrogant, und genau diese Haltung machte mich für vieles blind. Aber so etwas merkt man immer erst später. Ich konnte dummerweise zunächst meine Klappe nicht halten. Erst nach fünfunddreißig wurde ich ruhiger, aber da war es bereits zu spät. Man hatte mich schon auf dem Kieker.

Als achtunddreißig dann Klößmann und die Brüder Frenzke bei mir auftauchten und den Haftbefehl zeigten, da ahnte ich, was mir blühen konnte.«

»Sie widersetzten sich der Festnahme und wurden danach flüchtig?«

»Was blieb mir anderes übrig? Was?« Katthöfers graublasses Gesicht färbte sich rötlich. »Aber so einfach war das nicht. Bevor ich fliehen konnte, hatte ich einiges zu erleiden. Auf einem Ohr bin ich fast taub«, sagte er mit bitterem Unterton. »Und sehen kann man es auch.«

Alfred musste sowieso immer hinschauen. Das markante männliche Gesicht wurde durch die Ohren, von denen eins etwas abstand und das andere ganz flach anlag, gestört. *Sozusagen aus dem Gleichgewicht gebracht,* dachte Alfred.

»Sie kamen während der Kriegsjahre nicht mehr zum Vorschein«, stellte Alfred ungerührt fest. »Das wird uns am meisten Schwierigkeiten bereiten, wenn wir die Sache wieder aufrollen.«

»Was sollte ich denn machen?«, ereiferte sich Katthöfer. »Brav ins Gefängnis und dann ab ins Konzentrationslager? Ich hätte noch nicht mal mehr den Kriegsanfang erlebt!«

»Na …«

»Es war doch von vornherein klar, was die wollten!«, rief Katthöfer aufgebracht und sprang auf. »Einen Nichtkonformen ruhigstellen und sich an seinem Besitz bereichern. Was dann ja auch geschah.«

»Und bewiesen werden muss.«

Katthöfer setzte sich wieder. »Ich werde Ihnen Beweise liefern.«

»Die werden wir brauchen, denn sonst bekomme ich das beim Staatsanwalt Doktor Goeke …«

»Was? Der ist Staatsanwalt? Dieser Mensch soll meinen Fall verhandeln?« Katthöfer lehnte sich zurück und lachte, lachte immer lauter. Kriegte sich nicht mehr ein.

»Herr Katthöfer?«

Alfred drang nicht mehr zu ihm durch. Vor Lachen liefen dem Mann die Tränen über das Gesicht. Er lachte so laut, bis die Tür geöffnet wurde und Kollegen reinschauten. Alfred machte ihnen ein Zeichen, damit sie schnellstens verschwanden.

»Nun ist's aber gut … jetzt kommen Sie mal wieder runter.«

Nur langsam konnte sich der Angesprochene beruhigen und wischte sich die Lachtränen weg. Er stand auf und ging zum Fenster.

»Der Goeke«, begann er. »Wer hätte das gedacht. Ich weiß noch nicht, was ich davon halten soll, aber ich glaube, ich finde es gut.«

»Können wir weitermachen?«

Katthöfer kehrte zu seinem Stuhl zurück und setzte sich. »Verzeihen Sie«, sagte er mit immer noch vom Lachen gerötetem Gesicht. »Aber das ist doch eine zu große Überraschung.«

»Sie kennen den Herrn?«, fragte Alfred neugierig.

»Wissen Sie denn nicht, wer damals Staatsanwalt war und direkt mit meinem Fall zu tun hatte?«

»Goeke?«, staunte Alfred. »Der?«

Katthöfer nickte. Alfred zog an seinem Schlips. Dies war jetzt so eine Situation, in der er eine Denkpause brauchte. Die gab es bei ihm des Öfteren. Wurde er mit Informationen überrumpelt, konnte er an nichts denken und wurde für einen Augenblick orientierungslos. Es war, als würde er in der Luft hängen, fallen und gleich irgendwo aufschlagen. Meist änderte er danach schlagartig seine Strategie. Er konnte aus festgefahrenen Gleisen ausbrechen. Jetzt trat dieser Fall ein, als sein logisches Denken wieder einsetzte. *Wo sind eigentlich die Unterlagen von damals? Die hatte ich doch mit angefordert, und sie hätten jetzt bei den Papieren sein müssen, die Goeke mir gegeben hat.*

Alfred sah alles durch, aber die alte Akte »Katthöfer« von achtunddreißig, die war nicht dabei.

Wenn Alfred mit dem Antrag, ihm die alte Akte auszuhändigen, direkt bei Goeke erscheinen würde, hätte er wohl wenig Erfolg und würde nur abgewimmelt. Aber wenn er den offiziellen Weg ging, dann gab es auch schriftliche Rückmeldungen – und damit könnte er weitermachen. Selbst wenn das Ergebnis »verschollen« hieß. *Es werden sich schon Zeugen finden, die sich daran erinnern, dass Goeke schon unter Adolf den Fall Katthöfer hatte. Und damit hätte ich ihn aus der Sache raus.*

Alfred machte für heute Schluss. Er könnte nach Essen fahren und seine letzten Sachen holen, die dort schon ewig untergestellt waren. Genaugenommen seit drei Jahren. Und abends wieder ins Kino. Diesen Skandalfilm, von dem alle redeten, den sah er allzu gern. Er schnappte sich seine Jacke, verließ sein Büro und radelte davon.

~ ⋆ ~

Jetzt hätte er Sonne gebrauchen können, aber da war keine. Das Licht war wenig verheißungsvoll, und die geschwärzten Mauern wirkten bedrohlich, sie waren so grau wie der Tag. Wind zog klagend durch Geröll, und trotzdem hörte Alfred das Rauschen der Blätter, blühten Blumen zwischen nicht sichtbaren Blindgängern, die sich in die Erde gegraben hatten.

Nie würde er Rauch, Explosionen und die Bilder des Feuers vergessen. Er dachte daran, weil ihm ständig Dr. Goeke samt dem Fall Katthöfer durch den Kopf geisterte.

Die Häuser in den Straßenzügen zwischen Schloßstraße und Hauptbahnhof hatten den Krieg gut überstanden. Alfred erinnerte sich mehr und mehr, während er über das Kopfsteinpflaster holperte. Der schlimmste Bombenangriff hatte in der Nacht vom 22. auf den 23. Juni 1943 stattgefunden. Mülheim brannte und 530 Menschen starben. Als Alfred am nächsten Morgen aus dem Luftschutzkeller gekrochen war, schmeckte die Luft nach Feuer, nach Rauch, und Hitze brannte in den Lungen. Kinder irrten umher, Erwachsene weinten. Alfred fand keine Straße mehr – überall nur Steine, Schutt, verbogene Eisenträger, er sah halbe Häuser und blinde Wände. Erst später entdeckte er traurig und wütend die Mauern der zerbombten Petrikirche, die als stumme Schreie in den Himmel ragten.

1948 hatte Alfred an der Zusammenstellung der Sachschäden im Präsidium mitgearbeitet. Es gab 2.968 zerstörte und 4.528 beschädigte Wohnhäuser, 129 zerstörte und 256 beschädigte Geschäftslokale, 17 zerstörte und 27 beschädigte öffentliche Gebäude, 15 zerstörte und 17 beschädigte Industrieanlagen.

Und er hauste im Winter 46/47 ein halbes Jahr lang in einer Nissenhütte, hatte aus einem unbeschädigten Haus ausziehen müssen, und war froh, unlängst das Zimmer bei Anna Puff in der Schillerstraße bekommen zu haben. Und endlich war auch die Ausgabe der Lebensmittelkarten eingestellt worden – fünf Jahre nach Kriegsende. Was war das oft für eine Kungelei gewesen. Immer hatte er aufpassen müssen, dass er dabei nicht mit seinem Beruf ins Gehege kam.

Heute, am Sonntag, radelte er an der Ruhr entlang. Jetzt brach endlich die Sonne durch. Eine staubige Ruhr-Sonne, die den Ruinen ihre Geheimnisse ließ. Tauben flogen. Viele besaßen Taubenverschläge – »Rennpferde des Bergmanns« nannte man die Vögel hier. Am Ufer pflückten Frauen Löwenzahnblätter. Alfred stieg ab und schob, sah die abgearbeiteten, verhärmten Gesichter und schämte sich fast. Er hatte Arbeit, ein schönes Zimmer und zu essen. Sogar eine Freundin gab's in seinem Leben. Wenn auch eher nur stundenweise. Dafür hatte er keine Familie. Keine Kinder, die abends auf ihn zuliefen, ihn umarmten. Und heute fühlte er sich dafür zu alt. Der Krieg hatte auch ihm die Zeit gestohlen, einen Lebensentwurf zerstört. An seine Eltern mochte er gar nicht erst denken, sonst wäre jedes Mal dieses grausige Bild in ihm hochgekommen. Zerquetscht, erschlagen von zusammenstürzenden Häuserwänden.

Es wurde schon frisch, als er zu Hause ankam. Zwei Gänse sonnten sich hinter einem VW-Käfer. Kinder spielten Fangen, und Nachbarn unterhielten sich am Zaun. Frauen in Schürzen, mit hochgebundenen Kopftüchern. Er hörte: »Wieder eingebrochen da hinten in der Schloßstraße. Zum vierten Mal in den letzten Tagen.« – »Ja, dat wird auch immer schlimmer. – Heidi, mein Furzknübbelken, reinkommen, Papa kommt gleich.«

Im Hausflur schloss Alfred sein Fahrrad ab. Es war ihm jetzt egal, ob das jemanden im Hause störte. Schon hörte er ein Knarren auf den Treppenstufen. Heinz Lennewegs kam ihm entgegen. »Da kriegen Se Ärger mit meiner Anna«, sagte dieser statt einer Begrüßung und betrachtete Alfreds Rad von allen Seiten. »Göricke. Noch eins von vierundvierzig. Nicht übel. Aber wolln Se ständig auffen Damenrad fahren? Ich könnte Ihnen ein anderes, viel besseres besorgen …«

Lennewegs rüttelte am Rahmen. »Ziemlich wackelig und total verzogen!«

»Haben Sie denn eins übrig?«, fragte Alfred.

»Könnt ich besorgen. Würde jemanden fragen. Der hatte letztens ein Militärfahrrad vonne Wehrmacht. Noch original nach der Heeresdienstvorschrift zweihundertdreiundneunzig von neunzehnzweiundvierzig ausgerüstet, Stellen Se sich vor, mit einem abnehmbaren Expresslenker, wo der Lenker nur per Schnellspanner arretiert wird. Können Se dann auf Ihr Zimmer mitnehmen und kriegen keine Schererei mit Anna. Das ist ein Rad, was echte Männer brauchen!« Lennewegs beugte sich vor und blähte seine eingefallenen Wangen auf. Er sah noch dürrer aus als sonst. »Besitzt noch eine Dosenlampe von Melas, können Se von Dynamo auf Batteriebetrieb umschalten … Na? Ist das nichts? Der Gepäckträger ist ne Sonderanfertigung. So ein ganz stabiler, als unsere Soldaten noch die schweren Munitionskisten mitnehmen mussten. Darauf kann man einen Schrank klemmen. Oder – Sie sind ja bei der Polizei, so sehen Se gar nicht aus – darauf können Se einen Mörder festbinden. Geht alles. Sogar die Staukiste am Oberrohr ist noch fest montiert – jedenfalls, als ich es zuletzt gesehen hab, weil ich eigentlich selber scharf drauf bin. Deshalb weiß ich die Einzelheiten so genau. Unsereiner kann sich solch Luxus nicht leisten, aber Sie, so als Beamter … Können Sie Bütterkes reintun. Na?« Sein Blick wurde derart knautschig und treuherzig, dass Alfred sich abwandte.

»Also, wenn Se gut zahlen können. Denn, wer jibt mir sonst wat?«, lamentierte Heinz.

»Kann ich mal vorbei?«

»Warten Se noch. So ein Gespräch unter Männern ist immer nützlich. Ich kann auch Kaffee, Ananas und Schinken mitbringen.«

Bei »Schinken« begann Alfreds Magen unanständig zu knurren.

»Sehn Se! Kriegen Sie auch Appetit!« Heinz grinste. »Hab auch Beziehungen – nur mal so unter uns – zu Kaviar und Champagner!« Heinz' Augen begannen zu leuchten, er schien sich an seinen Worten zu berauschen. »Dat ist was Feines fürn Feinen wie Sie!« Er grinste mit leichtherzigem Gaunercharme und machte endlich Alfred Platz. Der murmelte: »Ich habe jetzt Hunger! Mit dem Rad – ich sage Ihnen Bescheid.«

»Ist Ihnen mein Bekannter gerade noch begegnet?«

Alfred nickte. Er hatte heute genug gesprochen.

»Wie gefällt er Ihnen?«

Jetzt begann die Puff wieder zu drängeln. Er kannte inzwischen ihre Art, wenn sie Hochdeutsch sprach. Dann sollte sie aber auch was rausrücken. Er guckte penetrant lange auf die Kaffeekanne, die rechts auf der Warmhalteplatte ihrer stets gewienerten Kochmaschine stand. Zumindest roch es nach gemahlenen Bohnen. Aber der fettige, schwere Gestank von Erdal zog penetrant in die Nase, Kasernengeruch, Gefängnisodeur, Beamtengestank. Er wollte nach einer Tasse Kaffee fragen und platzte heraus mit: »Müssen Sie den Fußboden ausgerechnet mit dem Zeug einwachsen? Zieht ja überall rein, ins Essen, in die Kleidung, sogar in den Mund …«

Anna Puff schnaufte gequält. Wahrscheinlich ein Zeichen ihrer Empörung. »Wat sarjen Se denn zu dem Heinz?«

»Wenn Sie ein Tässchen übrig hätten?«

»Setzen Se sich, Herr Inspektor!«

Frau Puff öffnete ihren Büfettschrank, entnahm nach dem Hin- und Herrücken verschiedener Tassen eine von dem neuen Kaffeeservice mit den himmelblauen Blumen.

Dass es neu war, hatte sie Alfred gleich nach seinem Einzug erklärt. Und dass er nicht drangehen dürfe. *Wie kann die Frau sich das alles leisten? Neuer Schrank, neue Tassen …*

Sie goss ein. »Milch?« Dabei lächelte sie ihn fast aufregend an.

»Ja.«

Er nippte, schluckte, kostete nach, das Aroma entfaltete sich, er schmeckte dabei noch anderes und fragte ein bisschen enttäuscht: »Edel-Muckefuck? Geröstete Eicheln? Wo haben Sie den her, dann kann ich mir solch eine Mischung auch mal kaufen. Kann ja nicht so teuer sein …«

Jetzt musste er reden. Da halfen alle Vorsätze und alle Müdigkeit und sein Hunger nicht.

»Hören Se mal, dat ist man reiner, guter Bohnenkaffee. Haben Se wohl lange nicht getrunken, dat Se nicht mehr wissen, wie er wirklich schmeckt?«

Den hat die Frau verlängert, mit Löwenzahn oder Zichorie, schmeckt beides bitter, überlegte er, sagte aber: »Doch. Habe ich. Mit dem Herrn Staatsanwalt. Also, wo gibt's den?«

Anna Puff zog einen anderen Stuhl, der am Kopfende des Küchentisches stand, vor. Setzte sich. Der Sitz knackte. »Hat Heinz aus Essen mitgebracht. Ein gutes Pfund hat er mir geschenkt.« Dass sie sechs Kilo hinter der Zwischenwand aus Kartons, die auseinandergeschnitten waren, lagerte, ging nur sie etwas an. Die Kartonwand befand sich hinter den Sperrholzregalen in der Speisekammer.

»Was macht Herr Lennewegs denn beruflich?«

»An- und Verkauf.«

»Kann man von leben. Oder?« Alfred guckte auf den Tassenboden, setzte noch einmal an, er hasste Vergeudung. Er sah aus dem Küchenfenster. Blickte auf Trümmer, immer noch. Alfred erinnerte sich gut daran, als die Nachricht *Schloss Broich und Priesterhof öffentliche Anlagen* im März '38 fettgedruckt Schlagzeilen in der »Mülheimer Zeitung« gemacht hatte. *Bis achtunddreißig gehörte Schloss Broich ja noch den Stöckerschen Erben und, wenn ich mich recht erinnere, der Priesterhof dem ollen Thyssen, dem Hans. Für diese Villa musste die Stadt sagenhafte 400.000 Reichsmark hinblättern, für unser mittelalterliches Schloss brauchte sie nur 150.000 Mark ausgeben. Und die Stadt bekam die historischen Bilder und Möbel. Sogar die Rechte am herrschaftlichen Archiv.* Das Schloss hatte Alfred schon immer interessiert, und er fragte sich, ob dort nach wie vor obdachlose Familien wohnten …

Während seine Zunge dem Geschmack des Kaffees nachspürte, erinnerte er sich an Wassersuppen und Steckrüben, an Lebensmittelkarten, mit deren Zuteilung jeder einen Monat lang auskommen musste. Er dachte an die Tasche mit den persönlichen Dokumenten, Sparbüchern und eben den Lebensmittelkarten, die jeder bei Alarm in den Luftschutzkeller mitnehmen musste. Die Lebensmittelkarten waren erst vor kurzem abgeschafft worden. Jedenfalls hatte es mit den Fleischmarken, für die man alternativ auch Fisch bekam, einen regen Tauschhandel auf dem Schwarzmarkt gegeben. Er hatte sich davon nicht ausgenommen.

Muss ich mich heute ständig an so etwas erinnern? Wenn ich noch an den Muckefuck aus Gerste und Eicheln denke … Verdammt – ich will endlich wieder ein sattes Kilo guten Bohnenkaffee nur für mich allein haben und niemandem davon abgeben müssen. – Löwenzahn! Frau Puff hat mit Löwenzahn verlängert, darum dieser bittere Geschmack.

»Was kauft und verkauft er denn eigentlich, Ihr Bekannter?« Alfred sah seine Zimmerwirtin an.

»Ein bissken was zum leben. Kennen Sie doch. Wir alle brauchen ein wenig mehr Freude, oder nicht? Aber, sarjen Se mal, haben Sie im Büro Papier, vielleicht sogar weißes, und eventuell auch Löschpapier übrig?«

»Warum?«

»Der Heinz braucht es. Für seinen Schriftverkehr. Seitdem alles legal ist, muss er ja auch Rechnungen schreiben und so.«

»Was würde ich dafür bekommen?«

»Kakao? Möglich wäre auch Kaffee. Blut- und Leberwurst, hausgemacht.«

»Ich werde mal schauen, ob sich da was machen lässt.« *Was will Heinz damit? Soll mir egal sein, endlich guten Kaffee und leckere Leberwurst. Viele Kollegen haben nach Kriegsende ja tonnenweise Lebensmittel beschlagnahmt, Zucker, Zigaretten, Wein, Rauschgift und Penicillin … Ob Heinz mit so was schiebt?*

4.

Seit Tagen hatte er sein Zimmer nur noch für das Nötigste verlassen. Als er aufstand, wurde ihm schwindelig. Zu lange gearbeitet, zu lange gegrübelt. Letzteres über sein Leben und seine Zukunft. Den Schrank, der seltsam falsch im Raum stand, schob er zurück, gegen die Wand. Dahinter war allerlei gestapelt. Viel Platz gab es hier nicht.

Er ging zum Waschbecken, das im Flur hing, der Küche und Bad zugleich war. Hinter einem Vorhang befand sich die Toilette. Er griff nach dem Feldbeutel neben der elektrischen Herdplatte. Zog die braune, filzige Trinkflasche hervor, hob den übergestülpten Becher ab und goss dunkle, dampfende Flüssigkeit ein.

Er liebte unverschnittenen Kakao mit Milch. Milch kaufte er regelmäßig, die gab's ja wieder. Für ein Bündelchen Fünfmarkscheine hatte er fünfundzwanzig Dosen original Sarotti erhalten. Fritz Katthöfer schwor auf diese Marke. Als Schüler hatte er manches Mal den »Sarotti-Mohr« nachgezeichnet und fand seine Version sehr viel besser als das Original. Sein Mohr zeigte den Hauch eines ironischen Lächelns, ein Ergebnis plötzlicher Eingebung. Sein Können kam ihm wie auch manch andere Fähigkeiten zugute. Wurde er heute gefragt, in welcher Branche er arbeitete, antwortete er »Künstler«, »Kunstliebhaber« oder »Privatier« – je nach Bedarf.

Er öffnete den Schrank. Drehte den schwarzen Bakelit-Schalter um. So sah er besser. 150 Tafeln Schokolade, mit dem Katthöferschen Lächeln. Bei seinem Mohren waren an der Schuhkappe, hinter der Zackenlinie, winzig klein seine Initialen zu sehen. Außerdem war der rote Mund ein kleines bisschen geschwungener. »Sieht einfach freundlicher aus«, stellte er wieder einmal fest.

Neben der Schokolade standen 100 Packungen Kakao. Auch diese Verpackungen samt Inhalt wichen ein wenig vom Original ab. Einen Teil des Kakaos hatte er mit gemahlenem Lehm, Streckmittel aus Schwarzmarktzeiten, verlängert. Katthöfer hatte einhundert Tüten mit »Sonderausgabe« gedruckt – einzig allein aus Freude an seiner ganz persönlichen Version des »Sarotti-Mohren«.

Nun. Nicht nur aus Freude. Er hatte sich umgehorcht, schließlich wollte er stets auf dem neuesten Stand sein, und wusste inzwischen, dass Sarotti seit dem letzten Jahr wieder Kakaolieferungen erhielt und die Produktion aufgenommen hatte. Die Nachfrage in den Geschäften war so riesig, dass es schon nach einem halben Jahr zu Engpässen gekommen war. Mancher Lebensmittelladen musste seine Kunden vertrösten. Genau in diese Lücke stieß Katthöfer. Er hatte – besonders bei den kleineren Händlern, die von Sarotti nicht so hohe Rabatte erhielten, auf seine ganz persönlichen »Sonderangebote« verwiesen. Die Packungen würde er mit gutem Gewinn loswerden.

Diesen Kakaoverschnitt würde er ohnehin nicht selbst trinken wollen. Katthöfer war immer noch ein Gourmet – auch in schlechten Zeiten. Und er musste sich nun von allem trennen, was er nicht mehr benötigte. Sein Gehilfe, der weiterhin den Schieber im Gesicht und in seiner Körperhaltung zeigte, sollte ihm dabei helfen. *Den Gesichtsausdruck wird er nie mehr los, der sieht noch in zwanzig Jahren so aus. Noch brauche ich ihn. Erst wenn ich ins ganz große Geschäft einsteige, muss er bei mir aufhören. Außerdem schuldet er mir noch einen Gefallen.* Sein Gehilfe, den er gerne

»Schieberlenne« titulierte, was diesen stets ärgerte, brauchte nicht alles zu wissen. Nicht, dass der Kakao gestreckt und der Aufkleber ein Kompliment an die eigene Kunstfertigkeit war. »Vielen Dank, singt man im Chor, vielen Dank, Sarotti-Mohr«, brummte er den bekannten Werbespruch. Sein Mann fürs Grobe sollte die Ware preiswert in den umliegenden Städten verkaufen. Es gab schon Vorbestellungen. Nicht alle hatten eine so feine Zunge wie er, die meisten im Pütt sowieso nicht, die standen auf Derbes. Als Wechselgeld sollte Schieberlenne die neuen Fünfmarkscheine mitnehmen. Katthöfer hatte immer Geld vorrätig, ohne Scheine fühlte er sich nackt. Er wollte, dass sein Gehilfe Kakao und drei Tafeln Schokolade in unterschiedlichen Geschmacksrichtungen zusammenpackte, mit Schleife drum, und für sechs DM anbot. Das brachte vor allem kleine Scheine – und genau dies war Katthöfer wichtig.

Er schloss den Schrank, drehte sich um, und sang laut: »Im hellen Mondschein/singen die Fischer/vom Boot und ihrem Heim/erklingen Lieder/Santa Lucia … Luciiiiiaaa.«

Er musste auch mit seiner Kontaktfrau telefonieren. Regina Klötzc, selige Erinnerung, sie war wohl immer noch in der Essener Schrebergartenanlage zwischen Postreitweg und Königsberger Straße tätig.

Dinge, die er nicht unbedingt in Mülheim kaufen wollte, die besorgte sie ihm aus alter Anhänglichkeit. Die Frau, die ihn im Sommer '45 aufgelesen hatte, als er mit einem schweren Infekt auf dem neu verpachteten Brachland zwischen Kartoffeln, Weißkohl, Steckrüben und Tabak zusammengebrochen war. Die ihn gesund pflegte. Dafür hatte er sich mit praktischer Hilfe in ihrer Lebens- und Liebeslage revanchiert. Regina Klötzc war schon Ende des Krieges hier gewesen, hatte gesehen, wie Bombentrichter die Lauben und Kleintierställe zerstörten, sie hatte mitgeholfen, sie wieder zuzuschütten.

Erst als Regina zu besitzergreifend wurde, setzte er sich ab. Beide hatten sich nie so ganz aus den Augen verloren. Die Leute, die sie inzwischen um sich scharte, mochte er nicht näher kennenlernen. Er wollte nur, dass Regina ihm so einiges besorgte, und dafür zahlte er gut. Außerordentlich gut.

Noch war es zu früh. Katthöfer hörte das leise Quietschen der Gummisohlen, er bewunderte sich für seinen federnden Gang. Ein weiteres paar Schuhe war bestellt, helle Creepers, auf ihnen lief man am leisesten, diese Wildlederschuhe hatten besonders dicke und weiche Kreppsohlen. Es hatte eine Zeit gegeben, da musste er Holzschuhe tragen.

Während der Kriegsjahre war er untergetaucht. Wie viele. Lernte dabei die richtigen Leute kennen, war ihnen nützlich und nutzte ihre Dankbarkeit.

1944 versteckte er sich in Thüringen, fand sogar Arbeit beim Fotografen Wessler. Lohn waren ein Zimmer mit Kanonenofen und kostenloses Holz. Bei dem Mann lernte er eine Menge über Fotografie und die Herstellung von Druckplatten. Eigentlich war Wessler gelernter Drucker und stellte auch die Druckplatten für seine KPD-Zeitung, das »Thüringer Volksblatt«, das später in »Das Volk« aufging, her. Wessler war heilfroh über Katthöfers Talent und Arbeitswillen. Trotzdem, es kam eine Zeit, in der er seinem Gönner mitteilte: »Ich muss weg, es wird mir hier zu ungemütlich. Mit den Kommunisten werde ich nie warm …« Er galt zwar als Verfolgter der Nationalsozialisten und wurde in Ruhe gelassen, aber verlassen wollte er sich da nicht unbedingt drauf. Man hatte ja in Russland gesehen, was bei denen noch folgen konnte.

Erst '48 kam er wieder nach Mülheim zurück und holte sich wie alle anderen nach der Währungsreform seine vierzig Mark für den Neustart ab.

Katthöfer blickte versonnnen, als er daran dachte. *Schadenersatz für meine Immobilien und Wertgegenstände will ich haben. Da lass ich nicht locker. Der Poggel, der scheint sich um meine Anzeige zu kümmern. Das ist keine braune Socke.*

Jetzt freute er sich auf sein neues Domizil in der Broicher Pestalozzistraße, das er am Wochenende beziehen würde.

»Man muss irgendwo wieder anfangen.« Katthöfer konnte die Wohnung und das ehemalige Ladenlokal des verstorbenen Drogisten Gablonski übernehmen. Als er sich vor wenigen Tagen als »Drogist« und »Künstler« darum bewarb, hatte sich die Witwe Gablonski so gefreut, dass sie ihm die Räumlichkeiten nach Vorauszahlung von zweihundert Mark sofort vermietete. »Mein Alfons, ja, der hat auch so gerne gemalt.« Er hatte einen Blick auf die Bilder des Verstorbenen geworfen und dann versucht, jeden weiteren Blickkontakt zu vermeiden. Nicht ganz einfach, die Wände waren damit zugehängt. *Wenn Frau Gablonski sie nicht abhängt, muss Schieberlenne ran. Ich kann diese Schinken nicht anfassen. Sträuben sich einem ja die Nackenhaare. Wenn ich noch ein paar Tage die Reinfarben auf den krummen Häusern der Mülheimer Altstadt ertragen muss, mit völlig falscher Perspektive … Und knautschige Hündchen. Schauderhaft. Haben Gablonskis Möpse statt Kinder gehabt?*

Mit Häusern kannte Katthöfer sich aus. Eins hatte er besessen, das im Sommer 1943 zerbombt wurde. Wieder dachte er an Poggel, der ja seine Klage wegen der dreiundzwanzigtausend Mark Entschädigung dafür bearbeitete. »Ist wohl das mindeste!« Seit jenem schrecklichen Tag, an dem Oberwachtmeister Klößmann und die Frenzkes ihn verhafteten, verprügelten und in ein KZ abschieben wollten, seit jenem Tag litt er neben der hochgradigen Schwerhörigkeit an grässlichen, dumpfen Geräuschen im rechten Ohr. »Weil die verdammten Schweine draufgeprügelt haben. Ich will mein Recht – und ich will Rache.«

Es wurde Zeit. Schon kurz vor Mitternacht. Er verließ den Raum, trat vorsichtig auf die Stufen, damit sie nicht knarrten, ging zur Haustür – die heute das Schönste an diesem Gebäude war. Gute Eiche mit Schnitzereien. Blumenranken und zwei Engelsköpfe. Hier in der Spichernstraße gab es solche Kostbarkeiten sonst noch nicht wieder.

Draußen entdeckte er niemanden. Wieder ging er nach oben. Neben seine Zimmertür hatte er ein ovales Messingschild geschraubt. In geschwungener, feiner Schrift stand »Fam. Katthöfer« darauf. Eins der wenigen Dinge, die er als Erinnerung an das einstige Haus besaß. »Familie« klang gut, war unauffällig, besonders auf einem glänzenden Messingschild mit verziertem Rand. Gut, dass er aus Styrum rauskam. Dieser düstere feuchte Raum war nicht mehr zu ertragen.

~ * ~

Der späte Besucher huschte durch den Hausflur, klopfte zweimal schnell hintereinander, dann nach einer halben Minute einmal laut gegen die Tür. Katthöfer öffnete.

Ein dünner Schatten wischte in die Wohnung, als er sich umdrehte, hatte er sein typisches Grinsen aufgesetzt. Katthöfer mochte alberne Faxen nicht und ärgerte sich darüber. Pfiffig war der Kerl ja, aber sonst?

Er wies auf die Kartons. »Kakao und Schokolade. Packste zusammen, verkaufst du wie abgemacht.«

»Ich soll die Schleifchen drumwickeln? Aber das hättste mir auch einen Tag eher sagen können. Bin gerade aus Berlin zurück.«

»Ich scherze nie«, sagte Katthöfer und zeigte ein gefrorenes Lächeln. »Was hast du denn schon in Berlin gemacht? Hör auf mit deinen albernen Märchen. Was will so einer wie du dort? Kriegst doch alles in Mülheim. Für deinen Bedarf immer. Mir soll's wurscht sein. Dass du nach Essen musst, weißt du?«

Der andere nickte.

»Beim Essener Kleingärtnerverein, da in dem Tal zwischen Postreitweg und Königsberger Straße, wird dir Frau Klötzc ganz spezielle Ware für mich mitgeben. Und die kostet. Deshalb gebe ich dir diesmal reichlich von den Scheinchen mit.« Katthöfer zog aus einer Schublade ein dickes Bündel Geldscheine hervor und streifte ein kräftiges Gummiband darum. »Für deine Spesen bleibt genügend. Hier. Sieh hin! Neunhundert Mark – davon möchte ich noch was zurückhaben. Ist nur für Notfälle und falls die Klötzc-Ware teurer werden sollte als ich abgemacht habe! Nicht, dass du auf dumme Gedanken kommst. Ich brauche die Ware! Wenn du unbedingt vor der Fahrt nach Essen rumpratzen und dir was kaufen willst, zahl immer nur mit einem Schein, höchstens mit zweien. Kostet die Sache mehr, nimmst du den Rest von deinem ganz persönlichen Geld. Wir haben uns verstanden?«

Der Dünne zog eine Augenbraue hoch. »Warum so ein Bohei?«

»Mach, was ich dir sage. Sonst bist du ein letztes Mal Helfer und Kurier gewesen!«

»Mann, lecker Papierchen – sind ja glatt wie 'n Weiberpopo!« Schieberlenne staunte. Äußerlich.

Katthöfer nahm ihm die Scheine wieder ab und knüllte die meisten davon einmal durch.

»Warum machst du das?«

»Zu deiner Sicherheit«, antwortete Katthöfer. »Wenn die die neuen Scheine sehen, denken alle, du hast noch mehr davon. Und manche sind gierig. Es sind schon Leute für weniger verschwunden und dümpelten dann irgendwann in der Ruhr. Verstanden?« Jetzt schob er die Scheine in eine abgegriffene Brieftasche. »Übrigens, ich ziehe um. Ich habe was für mich und meine Arbeit gefunden.« Katthöfer sah den Langen scharf an.

»Wat is denn?«, nörgelte der.

»Wann fährste?«

»Übermorgen. Vielleicht auch noch 'n Tag später.«

»Gut. In drei Tagen also. Ich teile Frau Klötzc das Datum mit.«

Schieberlenne blickte auf Zeichnungen, die an der Wand hingen. »Neu?«

Katthöfer nickte.

»Wieso malst du Geldscheine? Also, ich hab so was viel lieber in der Tasche …«

»Auftrag für einen wohlhabenden Sammler. Wenn er sich die echten an die Wand hängt, sind sie bald gestohlen, sagt er. Und jetzt kann ich jede neue Serie einmal für ihn machen. Wird gut bezahlt.«

Schieberlenne sah die Zeichnungen, dann Katthöfer an, – sagte aber nichts.

»Das Neue bewahren«, dozierte Katthöfer und strich mit der schmalen Hand über sein nach hinten gekämmtes Haar. Es glänzte durch die Pomade und lag wie angepappt an seinem Schädel. »Also, besorg mir so schnell wie möglich die Sachen. Damit es deine Neugier befriedigt: Ich brauche neue Estompen, das sind Papierwischer, verschiedene Papiersorten und ganz spezielle Farben – ein Künstler muss immer anderes ausprobieren, seine Möglichkeiten, sein Talent sozusagen ausschöpfen, wenn du verstehst, was ich meine. Also, nicht, dass du denkst, du sollst eine Leiche abholen. Haha!«

»Würd ich machen. Wenn die Kohle stimmt.«

Später dachte Katthöfer darüber nach, ob sein Gehilfe der richtige für diesen Auftrag war. *Vielleicht sollte ich selbst fahren?* Dann schüttelte er den Kopf. *Besser nicht.* Er war froh, dass er die Liebesgeschichte mit Regina Klötzc hinter sich hatte. Schließlich gab es ja noch andere schöne Frauen.

~ ⋆ ~

Er pfiff in die Nacht. Mit dem Geld in der Tasche bekam er Lust auf dies und das. Auf dem Weg in seine handtuchgroße Wohnung befühlte, betastete, streichelte er die Lederbörse, hatte Visionen von kommenden fetten Aufträgen, sah sich in einer Limousine durch die Stadt fahren, fühlte guten Stoff, hörte schon das teure Geräusch neuer Schuhe.

Natürlich wusste er, dass die glorreichen Zeiten des Schwarzmarkts fast vorbei waren. So manches, was er in den letzten Wochen heimgebracht hatte, stammte auch aus kleinen Einbrüchen.

Sein Gesicht entspannte sich. Er hatte nachgedacht. Und eine Idee ausgeweitet. Jetzt wusste er, was er wollte. Keine Brüche mehr. So etwas nicht. Sein plötzliches Lachen rollte scheppernd über den Bürgersteig.

Der Weg durch das nachtstille Mülheim schien Besonderes zu haben, Ruinen wirkten dunkler, Fensterhöhlen drohend, aber die Sterne über ihm funkelten ihm köstliche Verheißungen zu.

~ ⋆ ~

Schon jetzt ging er aufrechter, seit der letzten Nacht war sein Gang selbstbewusster geworden. Schieberlenne spazierte durch die Altstadt, kam in die Schloßstraße und entdeckte in einem Schaufenster *neue Mode für den Herrn*. Er betrat das Geschäft. Beim Anprobieren merkte er, wie schäbig und abgetragen seine braunen Schnürschuhe aussahen.

Er zahlte, zählte langsam und genau ab, es sah aus, als hätte er mühsam Schein um Schein gespart, um sich die dunkelblaue Hose leisten zu können. *Alles Spesen,* freute er sich innerlich.

Eine halbe Stunde später war er im Besitz neuer Schuhe, die drückten, aber das würde sich geben. Die butterweichen waren zu exklusiv, zu teuer, damit würde er nur auffallen. »Bally«. Aus Italien. Solche Schuhe trug so einer wie er nicht. Er entschied sich für ein paar handfeste Halbschuhe von Salamander, die mit dem Lurch.

Dieser Tag war wie für ihn gemacht, Frühlingswind wehte, er sah hübsche junge Frauen, die er anlächelte, nach denen er sich umsah. Was Klamotten doch ausmachten. Er ging auf sein Zimmer und deponierte das restliche Geld. Zog sein schmales Bett mit dem hohen Kopfteil beiseite, den lockeren Ziegel aus der Wand, steckte die Scheine hinein, den Ziegelstein hinterher und schob sein Bett wieder davor. Blieb stehen und überlegte. Dann öffnete er das Geheimfach erneut, nahm einen Teil des Geldes, gut ein Drittel, wieder heraus und stopfte es sich in die Hosentasche.

Als abends die dunkelroten Lichter hinter den Fenstern der »Veilchenaue« flackerten, ging er entschlossen hinein. Der Raum war eng, hinter der glänzenden Theke mit Spirituosen aller Arten und Lilien in hohen verschnörkelten Gefäßen standen Kalinka und Bella, die im bürgerlichen Leben Edith Müller und Barbara Gutknecht hießen. Kalinka wohnte in seiner Nähe, die sah er manches Mal auf dem Markt. Zum

Appetitanregen beugten sich beide sehr weit vor, und ihre Ausschnitte verhießen pralle Freude. Bella, die Dunkelhaarige, fragte: »Schampus?«, während im Hintergrund »Maria aus Bahia« zwei dicke Herren zu seltsamen Hüftschwüngen animierte. Und bei »Nacht ohne Sünde« summte er verträumt mit. Elena Larona, die Bordellbesitzerin, kam durch eine Schwingtür, sah sich prüfend nach ihren Mädchen um, rückte Kalinkas knallgrüne Federboa zurecht, zischte »Sei nicht so schlampig«, wandte sich zu Schieberlenne um, fragte, ob er ein Mädchen haben oder lieber gehen wollte. Sie sah auch ihn mit ihrem geschäftsmäßig schnellen Blick rauf und runter an.

Etwas beleidigt zahlte er seinen Schampus, der irgendwie säuerlich schmeckte. Kalinka sah, während er die Scheine hervorzog, dass er reichlich davon hatte. »Komm mit«, lockte sie. Und Elena machte ihr ein Zeichen. Kleiner Finger hoch hieß: Abzocken, der hat … So war es ausgemacht.

Während er hinter Kalinka eine steile Stiege hochging, sich an ihren schönen Beinen und dem prallen Hinterteil erfreute, kamen sie in einen ganz in rotes und lila Licht getauchten Raum, in dem fast nackte Frauen sich vor und auf den männlichen Besuchern räkelten. Schwere Süße, ein Flüstern und Girren hing in der Luft, Zigarettenrauchschwaden machten Konturen unscharf.

Er fühlte sich zittrig, aber auch als Herr, er trank Hochprozentiges und hatte unglaubliche Lust auf Scharfes. Kalinka führte ihm mit einem lauten Fingerschnipsen die kleingewachsene Herta zu, die er spontan nicht unbedingt mochte, aber hier brauchte er keine Frau zu mögen, hier brauchte er nur zu wollen. Und er wollte. Heute bestimmt.

Gegen vier taumelte er nach draußen. Ziemlich erschöpft. Zufrieden. Fast wieder nüchtern machte er sich auf den weiten Weg zurück in seine klamme kalte Wohnung, warf sich, ohne die neue Hose und die neuen Schuhe auszuziehen, aufs ungemachte Bett und schlief sofort ein.

Als er aufwachte, starrte er um sich, bis er begriff, wo er war. Glanz und Glitter und bezahltes Stöhnen waren wie eine Sternschnuppe, längst schon verglüht. Seine Kleidung stank erbärmlich. Er öffnete das Fenster, damit der fade Rauchgeruch sich verzog. Hängte die Hose auf einen Bügel und dann an den Fensterrahmen. Griff in die Hosentasche. Leer. Er verdrängte all die daraus resultierenden Konsequenzen und bemühte sich, an etwas Schönes zu denken. Jetzt wäre ihm ein heißes Bad mehr als lieb gewesen. Das kalte Wasser erfrischte ihn jedoch und verlieh seinem Gesicht wenigstens den Anschein von hoffnungsfrohem Glanz. Heute würde er bei Anna übernachten, damit er nicht wieder versackte. Die Fahrt nach Essen durfte er nicht versäumen.

5.

»Deinen Hugo hättste aber nich so angeblafft«, nörgelte Heinz, drehte sich von Anna weg. »Und leg mal deine Bollen woanders hin.« Er wälzte sich endgültig von der klumpigen Matratze herunter. »Hugo, hab ich recht?«, rief er im neckischen Tonfall und winkte dem Bild von Hugo Puff zu, das an der gegenüberliegenden Wand hing. Daneben hing ein dunkel gerahmtes Ölbild mit einer nackten Frau an irgendeinem munter plätschernden Bach, während ein Faun neckisch im Gebüsch grinste. Die Standuhr in der Ecke schlug dumpf die falsche Zeit an.

»Die Toten darf man nicht rufen! Du ganz bestimmt nicht«, rief Anna erschrocken.

»Den Namen Hugo hörst du wohl nicht mehr so gern?«

»Lass seinen Geist in Ruhe, sonst wird er fordern: Kaffee her und deine allzu windige Seele.«

»Oh Gott, steh mir bei, Anna und ihre Dönnekes am frühen Morgen! Sieh dich lieber endlich nach einer neuen Matratze um! Ich hab dafür keine Zeit.«

»Du hast bei mir allen Komfort!«

»Und du manchen Vorteil. Steh auf und mach mir für unterwegs ’n Packen Stullen.«

Anna räkelte sich im Bett und zog das Federbett über ihre pralle Blöße. »Oh nein, mein Lieber. Du hast mir immer noch nicht verraten, wieso du dir neue Plünnen leisten kannst.«

»Alles Spesen.«

»Von wem?«

»Wenn ich zurück bin, lad ich dich zum Essen ein.«

»Wie geht das denn zusammen, hä? Und leihst dir sogar noch fuffzich Mark von mir. Kannste mal erklären?«

Heinz beruhigte mit flehenden Gesten und ausdrucksstarken Verrenkungen, die Anna zwar hinnahm, aber nichts davon glaubte.

Während er sich rasierte, schmierte Anna Brote. Dachte über Heinz nach. Kochte Kaffee, goss ihn in die verbeulte Thermoskanne, zog die Tischschublade hervor und löste aus einem Röllchen eine halbe Tablette Tiophental heraus. Heinz war immer noch im Bad. Schnell brach Anna die Tablette noch einmal durch und warf die geviertelte Beruhigung in die Thermoskanne. *Er ist immer so hibbelig. Hat bei Hugo auch stets gewirkt.* Schüttete Zucker hinterher, er war eben ein Süßer. Heinz kam aus dem Bad. *Das war knapp.* Anna guckte hastig in den kleinen Karton, der neben der Speisekammer stand. »Ist aber nett vom Poggel, dasser dir 'n bissken Schreibmaschinenpapier mitbringt. Tut's deine Schreibmaschine wieder? Da klemmt doch das A. Stell ihm dafür zwei Pfund Kaffee hin, so hab ich's mit ihm ausgemacht. Guck ma, sogar ein paar Bögen Kohle- und Durchschlagpapier sind dabei. Dunnerlittken. Stell 'ne Tüte Kakao dazu! Wo nötig, soll man nicht kniepig sein. Vielleicht brauchste ja mal Nachschub.«

»Brüll nicht so rum«, kam Heinz um die Ecke geschossen. »Spinnst du? Solche wie der – die haben keinen tiefen Schlaf.«

»Unsinn. Mein Herr Poggel tut sich schwer mit dem Aufstehen. Was meinste, wie der immer kurz vor acht mit seinem Klapperrad in die Von-Bock-Straße zum Präsidium rast.«

»Hätter leichter haben können.«

»Wie meinste?«

»Hatte ihm doch das Rad von der Wehrmacht angeboten.«

»Besser nicht!« Annas Stimme klang schärfer als eben noch. »Keine weiteren Geschäfte mit Herrn Poggel! Das bitte ich mir aus. Nun haste ja erst einmal genug Papier … Hömma, wem willste eigentlich schreiben? – Auf jeden Fall möchte ich den Mann als Mieter behalten. Der ist so sauber wie selten einer. Ein sehr angenehmer Mensch. Kannste dir 'ne Schnitte von abschneiden.«

»Stimmt«, sagte Heinz, schnappte sich eine Stulle, biss hinein und zog sich weiter an.

Anna bückte sich. Ihr weißes Baumwollnachthemd bauschte sich über ihrem schönen üppigen Busen. Sie hob den Karton auf den Tisch. »Nimm mit, sonst hab ich bald alles mit deinen Plünnen zugestellt. Wenn du verstehst, was ich meine.«

»Exakt. Verstanden«, begann Heinz und fügte hinzu: »Ich muss los. Und das am besten, ehe dein Poggelroggel wach ist. Sonst fragt der nur dummes Zeug. Außerdem muss ich pünktlich in Essen sein. Ich habe einen wichtigen Auftrag …«

Beide hörten das typische Quietschen der zweiten Tür rechts im Flur.

»Ich hab's eilig«, zischelte Heinz.

»Warte. Herr Poggel geht pinkeln.«

Die Badezimmertür knallte.

»Hat er was gehört?«

»Unsinn.« Heinz zog seine Fliegerjacke an. Die neuen Schuhe, den neuen Pullover. »Und was soll er schon gehört haben? Der weiß, dass ich gern eine neue Schreibmaschine möchte. Habe ich ihm doch erzählt.« Allerdings behielt er für sich, dass er dann die alte, die er von Annas Mann geerbt hatte, in Ordnung bringen würde. Selbst heute noch war so ein Teil eine Menge wert. Er selbst war auf eine schwarze Orga Privat scharf, die hatte ein Blechgehäuse, war nicht so wuchtig wie die andere mit dem klemmenden Buchstaben. Obwohl er ja wirklich wenig zu schreiben hatte. Aber ein Mann wie er benötigte so etwas. Es machte einfach was her. Seine Zukunft sah endlich golden aus und diese Zukunft – wollte er nicht nur mit Anna genießen. Mit dem Kaffee würde er vorsichtig sein und nie große Mengen tauschen. Hörte man ja immer wieder, was dabei herauskam. Vor einigen Monaten waren 28 Zentner Kaffee in einer Eifeler Dorfkirche durch die Trierer Zollfahndung beschlagnahmt worden.

~ * ~

Alfred Poggel stand im Türrahmen. »Morgen«, gähnte er. »Ausflug nach Berlin, Herr Lennewegs? Schütteln Sie nicht den Kopf, ich hab doch eben Berlin gehört? Na, geht mich auch nichts an. Der Tempo vorm Haus – Ihrer?«

»Geliehen.« Innerlich verkniff sich Heinz ein heftiges Lachen, aber er fand, die beiden sollten ruhig glauben, er fahre nach Berlin. »Berlin« hieß für ihn schon seit Wochen Reisen ins Umland, Aufträge erfüllen, gutes Geld verdienen und einige geheime Bastelstunden in der Thusneldastraße. Offiziell war er immer weg, belud, entlud, war ein fleißiger Mann – und außerdem hörte sich »Berlin« immens wichtig an.

»So ein Gefährt kann man vielseitig nutzen.«

Anna stand auf. Ihr Haar hing frisch gekämmt herunter und machte sie jünger als der Dutt, den sie tagsüber trug. Alfred schielte auf ihren Busen, der sich gegen ihr Nachthemd drückte. Theklas war kleiner und knackig. Schnell sah er weg. Um nicht rot zu werden, sprach er Heinz an.

»Soll ich Ihnen beim Beladen helfen?«

Heinz' Lächeln wurde immer schiefer. »Nicht nötig, Herr Kommissar, ich habe nichts zu beladen.«

»So. Ach. Ich hol eben ne Schütte Kohlen hoch, aber dann schlaf ich noch ne Runde. Hab Spätdienst«, sagte Alfred und verzog sich.

»Und danke für's Papier«, rief Heinz hinterher.

Schnell zog Anna ihre selbstgestrickte graue Jacke über das Nachthemd, schlüpfte in rosafarbene Puschen und reichte Heinz einige Kartons mit Filterzigaretten der Marken Gloria und Supra-Filter.

Halb sechs. Heinz beugte sich zu Anna, gab ihr einen leichten Kuss auf die weiche Wange und fasste sie kräftig an ihr festes Hinterteil. Am liebsten hätte er ihr gesagt: »Hinlegen« und »Beine breitmachen« – so wehrlos ausgeliefert, war es ihm an manchen Tagen ein Genuss. Normalerweise hätte Anna ihm fürs Greifen eine gelangt, frühmorgens stand ihr nicht der Sinn danach. Heute schien das anders zu sein. *Sonne Gelegenheit soll ich vielleicht ausnutzen. Ob ich doch noch mal mit ihr?*

Neugierig fragte sie: »Was haste eigentlich für 'ne Idee innen Kopp? Hat das was mit deinen Klamotten zu tun?«

»Wie?«

»Haste doch vorm Aufstehen mit angefangen.«

»Anna! Da ist nix weiter.«

~ * ~

Anna wischte das Treppenhaus. Danach die elendig vielen Stufen mit einer harten Bürste, schrubbte immer im Kreis. Eine anstrengende Arbeit, die ging in die Arme, in die Schultern. Das hatte sie für die Mieterin Bollhans übernommen, die im Krankenhaus lag. Für eine Mark. Anna sparte auf ein kleines Hotel, möglichst in der Altstadt. Nur dauerte das Sparen so lange.

Während Anna eine Pause einlegte, hörte sie etwas. Es klang wie ein Weinen. Sie stapfte die Stufen zum ersten Stockwerk hoch. Vor der Korridortür, die in der Mitte mit Glas eingefasst war, wo weiße Scheibengardinen jeden neugierigen Blick stoppten, saß Jüppken von der Panselowsky. Hilde Panselowsky arbeitete als Verkäuferin im Fischgeschäft. Und Jüppken hätte in die Schule gehört, mit seinen acht Jahren.

»Was ist mit dir?«

Der Junge schluchzte leiser.

»Hunger, hast du Hunger?«

Er nickte.

Hunger – den kannte Anna und auch deshalb sah sie zu, dass ihre Arbeit bezahlt wurde. Deshalb war sie froh, Heinz kennengelernt zu haben. Und Alfred Poggel, den mochte sie auch. Sogar ohne einen Vorteil durch ihn zu ergattern. *Was nich ist, kann ja noch werden. Mach ich ihm heute Bratkartoffeln mit Speck. Mit Speck fängt man Mäuse.*

»Komm, Jüppken. Willste ein Brot mit Leberwurst? Und einen Becher Kakao?«

»Ja«, schniefte der Junge.

»Haste deinen Schlüssel?« Anna schob seinen Hemdkragen auseinander. Da hing der Wohnungsschlüssel. »Samma, warum biste nicht in der Schule?«

»Weil ich Hunger hab.« Anna tätschelte sein blondes dichtes Haar. »Weil ich bei meiner Mutter sein will.«

»Geht doch nicht, Junge. Die muss arbeiten. Komm mit.«

Vorsichtig hielt Jüppken die braune henkellose Tasse mit beiden Händen fest, schluckte und schluckte. Kakao! Den machte ihm seine Mutter selten. Er seufzte zufrieden.

»Noch ’n Bütterken?«

Er nickte.

Anna schmierte die nächste Scheibe mit Margarine und streute dick Zucker darüber. So etwas mochten die Kinder in dieser Straße. Der Junge blickte zu ihr auf. Er war sehr blass, und hatte tiefe Schatten unter den Augen. *Blutarm und verwurmt wie die meisten,* dachte Anna. Sie sah auch die Löcher in seinem Pullover und zupfte am Ärmel. »So. Den ziehste jetzt mal aus und die Tante Anna stopft dir den. Und wenn du das Brot alle hast, gehste zu euch rüber und bringst eine Düppe mit.«

Der Pullover lag vor Anna. Sie suchte nach einem Stopfei, nach ungefähr passendem Garn, setzte sich und begann, die Nadel durch die Maschen gleiten zu lassen. Das hätte sie gern für einen Sohn getan, den sie nicht besaß. Ihr Mann, der Hugo, war in Russland gefallen. *Und für einen Sohn vom Heinz ist’s noch zu früh. Oder zu spät – wie man’s nimmt.*

Jüppken brachte einen Henkelmann mit einem schönen blauen emaillierten Deckel.

»Stell’n auf den Tisch.«

Sehnsüchtig starrte der Junge in die leere Tasse, die er eben auf den Küchentisch gestellt hatte, nahm sie und leckte die Kakaoränder ab.

Anna stopfte.

»Habt ihr jetzt ein Auto?«, fragte Jüppken.

»Nur geliehen. Aber vielleicht bald«, hatte Heinz mehr oder weniger versprochen. Ein Auto wäre schon fein.

Jüppken rieb sich die nackten Arme.

»Frierste, Schätzken? Ist doch Juni, ach je, ach je, bist du aber auch dünn!« Anna ging in ihr Schlafzimmer, öffnete einen Schrank und kam mit einer tannengrünen Strickjacke zurück. Manche Mieter ließen selbst in diesen Zeiten beim Auszug was liegen.

»Zieh mal über!«

Der Junge schob die dünnen Arme durch die Strickarme. »Kratzt!«

»Passt!«, sagte Anna. »Noch nicht mal Motten drin. Das Kratzen hört auf, stell dich nicht an, biste verpimpelt? Ich wasch dir die Jacke mit guten Seifenflocken. Dann riecht se frisch und sieht wie neu aus.«

Der Junge wibbelte hin und her.

Anna stopfte. »Musste mal? Weißte, wo mein Bad ist?«

Er nickte, schlitterte zur Tür. Aufgeregt kam er nach wenigen Minuten wieder.

»Wat is?«

Jüppken griff in die Tasche seiner kurzen Lederhose. »Hier!«

Erstaunt nahm Anna ihm drei Fünfmarkscheine ab. »Gehören die dir?«

Verlegen schüttelte er den Kopf. »Waren in …« Jetzt wurde er puterrot.

»Sag's. Aber lüch nicht.«

»In Onkel Heinz' seine Hosentasche. Also …« Vor Anspannung stotterte er.

»Also?«

»Ein Schein guckte raus und da hab ich …«

»… dran gezogen? Soso. Schön, dass du sie mir geben willst.«

Jüppkens Hautfarbe wurde noch einen Ton dunkler.

Anna sah die Scheine an. *Die sind aber knüddelich. Egal, Geld ist Geld!*

Wenig später trug der Junge seinen Pullover wieder und ging mit dem Henkelmann, in den Anna Fleischknochenbrühe gefüllt hatte, in die Wohnung. Er dürfe rüberkommen, wenn irgendetwas sei, hatte Anna ihm noch gesagt.

Während Anna Puff im Badezimmer die Strickjacke in kaltem Wasser und Seifenflocken einweichte, kam ihr in den Sinn, dass Heinz mit seinem Geld recht leichtsinnig umging.

6.

Lange ging Heinz Lennewegs durch die Schrebergartenanlage, duckte sich, wenn er Leute sah, und war mehr in Gedanken mit seiner Situation beschäftigt als auf der Suche nach dem beschriebenen Gartenhaus. Plötzlich stand jemand vor ihm, breit und größer als er, hinderte ihn am weitergehen und zwang ihn, aufzusehen.

»Wat schleichse hier rum?«

»Wie …?«

»Mach 'n Abgang … oder sach, watte willz.«

»Ich suche die Frau Klötzc.«

Wenn Heinz erwartete hatte, dass ihm das Zugang verschaffen würde, hatte er sich geirrt. Blitzschnell fasste dieser bullige Typ mit dem kantigen Gesicht sein rechtes Ohr und drehte es. Heinz stieß einen hellen Schmerzensschrei aus und sackte ein. Er war überhaupt recht schmerzempfindlich.

»Wen suchse?«

»Au … verdammte Scheiße … aua, lass los du Idiot …«

Heinz wurde losgelassen, bekam dafür einen Schlag in den Solarplexus, ging zu Boden, verlor für einen Augenblick das Bewusstsein. Als er seine Umgebung wieder richtig wahrnehmen konnte, stand eine Frau neben dem Schläger.

»Was willst du von mir?«, fragte sie scharf.

»Katthöfer …«, konnte Heinz nur flüstern.

Die Frau drehte sich um und sagte zu dem anderen: »Bring ihn rein.«

»Dass Fritz auch keinen besseren Kurier schicken konnte.« Regina Klötzc schüttelte den Kopf. Heinz saß vor einer Tasse Kaffee und war nun halbwegs wieder beieinander. Aber es tat immer noch weh, das Ohr und die Brust. Es tat verdammt weh. Die Klötzc zählte das Geld.

»Fünfhundert. Ich hab doch gesagt, es könnte auch mehr kosten. Die Beschaffung war nicht so einfach. Ich brauche jetzt achthundert, sonst zahle ich selbst noch drauf.«

Heinz zuckte mit den Schultern. »Ich hab nicht mehr. Mehr hat er mir nicht gegeben.«

Frau Klötzc machte eine fast unmerkliche Bewegung mit dem Kopf. Sofort kamen zwei Männer, die bisher ruhig im Raum gestanden hatten. Einer riss Heinz hoch und klemmte ihm die Arme so auf dem Rücken zusammen, dass er sich nicht mehr bewegen konnte.

»Was soll das?«, zeterte Heinz. »Ich hab doch …«

»Halt die Klappe«, sagte die Klötzc ruhig. »Sonst lasse ich dich wieder ruhigstellen.«

Heinz hielt vorsichtshalber den Mund, während der andere sämtliche Taschen in Hose und Jacke und auch das Futter untersuchte. Er fand etliche Geldscheine, insbesondere Fünfer. Der Mann stieß Heinz auf den Stuhl zurück. Das Geld warf er auf den Tisch. Regina Klötzc überflog die magere Ausbeute.

»Kaum hundert kommen da noch mal zusammen.« Sie schüttelte den Kopf. »Sehr unwahrscheinlich, dass der Fritz Katthöfer dir so knapp mitgegeben hat. Der ist vielleicht auch kein ganz sauberer Typ …«, sie lächelte boshaft, »… aber dämlich ist der nicht. Ich vermute, du hast da schon ganz ordentlich für dich selbst abgezweigt. Deshalb wird's jetzt noch teurer. Tausend will ich haben.«

»Wo soll ich die denn hernehmen?«, protestierte Heinz.

»Deine Sache«, befand die Klötzc. »Zwei Tage lasse ich dir Zeit, dann ist die Knete hier.«

»Ohne Paket brauch ich nicht nach Mülheim zurück. Komme ich mit nix, bringt mich Katthöfer um – und Kohle kriege ich dann auch nicht.«

Heinz verschränkte die Arme vor der Brust und sah die Klötzc richtig traurig an. Diesen Dackelblick setzte er, wenn es nötig wurde, bei Anna sehr erfolgreich ein. Bei Regina Klötzc schien der Trick ebenfalls zu funktionieren. Er sah ihr Zögern, er sah ihr Überlegen – dann schob sie ihm das Paket zu.

»Chefin …«, wollte sich einer der Vasallen einmischen, die hinter Heinz standen.

»Hat dich jemand gefragt?«, unterbrach sie ihn aggressiv. »Ich kenne Fritz Katthöfer. Also kann ich auch entscheiden, was hier das Richtige ist. – Und du«, wandte sie sich an Heinz, »du Spinnewipp hast spätestens übermorgen die fehlenden fünfhundert hier auf den Tisch gelegt, sonst suchen wir dich in Mülheim auf und dann gibt's in einer bestimmten Metzgerei frisches Mett.«

Heinz schluckte. »Und das Geld, was ihr mir weggenommen habt? Gilt doch wohl als Anzahlung?«

Regina Klötzc lachte. »Ganz sicher nicht. Kannste vergessen. Das behalten wir als Ausgleich für deine Frechheiten. – Los, schmeißt ihn raus.«

Als Heinz aufgestanden war und den Staub von seiner Kleidung geklopft hatte, lief er in so schlaffer Haltung los, dass man denken konnte, er bräche sofort zusammen. *Bescheuerte Typen,* dachte er. *Bloß gut, dass ich mir vorher eine Rückfahrkarte gekauft habe, sonst müsste ich jetzt schwarzfahren. Fünfhundert! Da muss ich ja hundert Fünfer drucken. Und alles in zwei Tagen. Das macht mich nervös. Ob ich die noch vorher eintauschen kann? Oder soll ich besser einen Bruch machen? Lieber nicht, wo doch dieser Polizist bei der Anna wohnt. Soll ich Anna fragen, ob die mir was leiht? Erst mal gebe ich dem Katthöfer seine Bestellung …*

Abrupt blieb Heinz stehen.

»Scheiße … das Paket. Hab ich dagelassen.«

Er drehte um und rannte zurück. Da lag es auf dem Gartenweg. Erleichtert griff er danach und hastete zurück, um schnell aus der Gefahrenzone zu kommen.

~ ⋆ ~

Dreimal hatte er alles von zuunterst nach oben geräumt und wieder zurück. Dieses verdammte Ding ließ sich nicht finden. *So ein Mist,* schimpfte Katthöfer innerlich. *Ich weiß genau, dass ich sie nicht weggeschmissen habe. Das war doch lediglich ein Test, um ein Gefühl für die neue Arbeit zu kriegen. Wenn die Platte in falsche Hände kommt. Nicht auszudenken … Oh Mann, da sei das Schicksal vor!*

Er ging zur alten Wohnung. Noch war sie nicht wieder vermietet. Er klingelte den Vermieter raus, ließ sich die Räume noch mal aufschließen, wollte den Müll sehen. Der aber war längst weg.

Keine Panik. Bloß keine Panik. Vermutlich ist nichts passiert. Wenn die Platte auf der Mülldeponie landet, ist alles in Butter. Da findet sie keiner.

Er beschloss, zur Beruhigung erst einmal eine Tasse Kaffee im Stadtcafé Sander zu trinken. Dazu würde er sich ein Stück Baumkuchen bestellen, der eine Spezialität des Hauses war.

~ ⋆ ~

Alfred stand unentschlossen vor dem Mülheimer Bahnhof. *Ich sollte mal wieder nach Hamm und Mutters Schwester besuchen. Eigentlich. Aber kann ich jetzt weg?* Gut, es war Freitag. Wochenende stand an. Wer arbeitete schon am Wochenende? Aber auf Hamm hatte er jetzt absolut keine Lust. Lieber zu Thekla. *Sollte ich dieses Wochenende besser lassen. Noch nicht Monatsende und es wird langsam knapp. Also doch Hamm? Eine Fahrkarte kostet auch.*

»Entschuldigen Sie«, sprach ihn eine sympathisch wirkende, blonde, junge Frau an. »Könnten Sie mir helfen?«

Alfred schaute erstaunt. Das Hochdeutsche, klar ausgesprochen, hatte eine andere Klangfärbung. Das war keine aus Mülheim.

»Worum geht's?«, fragte Alfred freundlich zurück.

»Nach Essen will ich«, klagte sie, »und jetzt bin ich hier in Mühldorf gelandet. Wie kommt so etwas?«

»Mülheim«, korrigierte Alfred lächelnd.

»Dann eben Mülheim«, erwidert die junge Frau etwas gereizt. Aber schon lachte sie schallend. »Als ich die Fahrkarte kaufte, hieß es, die gelte bis Essen, und der Kondiktör auf dem Bahnsteig hat mir versichert, es sei der richtige Zug.«

»Ein Konditor auf dem Bahnsteig?«, staunte Alfred. Die Frau sah Alfred mit großen Augen an. Sie gluckste vergnügt und Alfred konnte sich dem ansteckenden Gelächter nicht entziehen.

»Ja, ich bin eine Baabä. Ein Kondiktör, kein Konditor. Aber wie nennt man hier bei Ihnen die Leute, die dem Zugführer ein Zeichen geben?«

»Schaffner.«

»Sicher. Den meine ich. Hat der mir einen falschen Zug genannt?«

Alfred schüttelte den Kopf. »Sie sind zwei Stationen zu früh ausgestiegen. Der Zug geht nach Essen.«

Sie schlug sich mit der Hand an die Stirn. »Hm. Da hab ich wohl falsch gedacht. Ich sag ja, ich bin eine Baabä, eine dumme Frau. Bin einfach mit den vielen Leuten zusammen ausgestiegen. Fährt noch ein Zug bis Essen?«

»Schauen wir auf den Fahrplan. Übrigens, ich bin Alfred Poggel.«

»Angenehm. Poggel – klingt fast wie mein Name. Ich heiße Pulver. Lieselotte Pulver.«

»Poggel und Pulver«, sagte Alfred und lachte ein wenig verlegen. Die Frau war bildhübsch. »Das passt. Kommen Sie, wir sehen jetzt nach dem Fahrplan.«

In der Bahnhofshalle sahen sich Männer nach dieser Frau Pulver um. Das irritierte Alfred ein wenig.

»Sie sprechen fast akzentfrei«, sagt er. »Ich schätze – sind Sie Schweizerin?«

»Do händ Si rechtig grote: I chome us Bärn.«

»Aha, deshalb auch der Kondiktör. Und was verschlägt eine schöne Bernerin ins schmutzige Ruhrgebiet?«, fragte Alfred. Er platzte fast vor Neugier.

»Ich bin Schauspielerin. Ich werde mich in Essen mit einem Kollegen treffen und will zu Herrn Verhoeven, dem Regisseur. Er sucht noch Personal für einen neuen Film, der in Heidelberg spielen soll.«

»Ein interessanter Beruf«, sagte Alfred. »Ihr erster Film?«

»Nein. Ich spielte in ›Ein Seemann ist kein Schneemann‹ mit und auch in ›Föhn‹. Neben der Filmerei mache ich Theater, in Bern und in Zürich.«

»Den ›Seemann‹ kenne ich«, sagte Alfred. »Ich bin ein ausgesprochener Kinogänger.«

»Was machen Sie denn beruflich?«

Er hüstelte. »Bin bei der Polizei.«

»Ein Schutzmann, der den Verkehr regelt?«

»Nein. Leider eine etwas schmutzigere Variante«, gestand Alfred und zwinkerte dabei. »Ich bin bei der Kriminalpolizei.«

»Aufregend! Also gibt es auch hier Kriminelle, die Sie einfangen und einsperren?«

»So wie Hasen oder Rehe lassen die sich nicht jagen und gewiss nicht einsperren. Und dann würde ich mich auch schön bedanken, wenn ich jeden Tag auf die Jagd müsste.«

Fast vergaßen sie, nach dem Fahrplan zu gucken. Aber Alfred konnte die junge Schweizerin rechtzeitig in den nächsten Zug setzen. Zu gern hätte er noch weiter mit ihr geplaudert. Die Frau wirkte leicht, war so charmant, das kannte er gar nicht.

Er beschloss, weder nach Hamm zu fahren noch zu Thekla zu gehen. Das Wetter war schön und ihm war nach einem Ausflug. Er würde mit dem Fahrrad an der Ruhr entlangradeln. Vielleicht durch das Ruhrtal nach Kettwig. Und zurück mit dem Schiff. Morgen, am Samstag. Das Wetter schien sich zu halten.

7.

Er hielt die Lupe über das Portrait von Jakob Muffel, nickte anerkennend – »Gut gemacht!« – und steckte die Banknote mit dem Bild des Nürnberger Ratsherrn zurück in die Brieftasche aus braunem Saffianleder. »Eigentlich sollte ich den Hundertmarkschein aufheben, wo er doch gerade erst herausgegeben wurde.« Fritz Katthöfer erinnerte sich dabei auch an die ersten Scheine von 1948, zweifarbig in Amerika gedruckt, darunter auch Banknoten im Wert von einer halben deutschen Mark. »Aber die Fünf-Mark-Dame auf dem grünen Stier, die gefällt mir – sie hat so was Gewisses.«

Es klopfte an der Tür der ehemaligen Drogerie. Störungen mochte er nicht, schon gar nicht, wenn er in ein Selbstgespräch vertieft war. Er stand auf und stieß mit den Oberschenkeln gegen die aufgebockte Holzplatte, unterdrückte einen Fluch, nein, nichts war verschoben. Die eignete sich hervorragend als Zeichenbrett. Seine neue Vermieterin hatte er während des Einzugs gefragt, ob sie noch mehr davon hätte. Künstler wie er bräuchten Stellwände und dergleichen immer.

Es klopfte erneut. Katthöfer legte schweres braunes Packpapier über die letzten Entwürfe und beschwerte alles mit halben Backsteinen. Steine, die er vor Tagen gründlich gesäubert, sogar lackiert hatte, damit sich kein Staub ausbreiten konnte.

Er drückte die Klinke herunter. Nicht, dass Bekannte unangemeldet kamen. Aber es war komisch, als röchen es manche, wohin er gezogen war. Dabei hatte er die neue Adresse höchstens an zwei Leute weitergegeben. War ja nichts dabei – nur an manchen Tagen konnte er keine Aufmerksamkeit von draußen gebrauchen.

Die Gablonski! Schon drängte sich die Drogistenwitwe flink an ihm vorbei und strahlte Katthöfer an wie jedes Mal. »Eine wunderbare Ordnung haben Sie! Es freut mich, dass Sie sogar Willis alte Farben aufheben. Kann man immer gebrauchen, nicht? Möchten Sie nicht noch ein paar andere Bilder? Von Mülheim? Ich meine, Sie vergraben sich ja hier drinnen, dann sehen Sie wenigstens, in welcher Stadt Sie wohnen.«

Er reagierte nicht, starrte stumm auf einen feuchten Fleck an der Wand.

Tapfer redete die Frau weiter. »Hier tummelt sich reichlich Ungeziefer, nachts kommen die Ratten, quieken, huschen und fressen. Die fressen alles. Willi hatte da ein Mittel …« Die Frau blinzelte und schaute sich genau die Regale an der Seitenwand an. »Wo ist es denn?«

»Alle angebrochenen Dosen oder Flaschen habe ich weggeworfen. Da wusste man ja manchmal gar nicht, was darin ist. Alles kann ich auch nicht gebrauchen. Es ist Ihnen doch recht?«

»Gut, gut, aber die Mäuse und Ratten …«, sagte sie mehr zu sich als zu ihrem Mieter. »Werden Sie mir denn mein Portrait noch fertig malen, Sie wissen doch, zu unserm Hochzeitstag. Sie haben's versprochen, Herr Katthöfer!« Ihre Stimme wurde mit jedem Wort eindringlicher. »Auch wenn der Willi es nicht mehr erlebt.« Ihre Blicke gingen nach oben, zur Decke. »Vielleicht sieht er ja zu. Wer weiß das schon.«

»Vielleicht«, echote Katthöfer.

Frau Gablonski blickte ihn scharf an. »Wird es fertig?«, fragte sie energisch.

Er nickte. Innerlich grauste es ihm. Die anderen Bilder hatte sie wirklich abgenommen. Sonst schmeiß ich alles weg, hatte er behauptet. Das wirkte. Künstler könnten nur ihre eigenen Bilder sehen oder die lange verstorbener Kollegen, hatte er behauptet. Ohne weiteren Kommentar ließ sie alles abholen. Alles, bis auf dieses angefangene Portrait. Darüber war ihr Mann gestorben. Nun sollte er das fertig malen. Er schüttelte sich. Das Angebot, ein neues Bild von ihm malen zu lassen, hatte sie abgelehnt. *Dann muss ich mich bei Gelegenheit überwinden, diese Glubschäugige mit dem sehnsuchtsvollen Blick fertig zu kriegen.* Das Rattengift fiel ihm jetzt auch wieder ein. Er hatte es weggestellt, um es selbst zu benutzen. Diese Viecher widerten ihn auch an. Für Fallen waren die zu intelligent, mussten anders erledigt werden.

»Gut. Darf ich fragen, wann ich Ihnen wieder ein Stückchen Kuchen bringen darf?«

»Frankfurter Kranz? Immer«, antwortete er, während er sich schaudernd an die fettreiche Torte erinnerte. Die würde sein Gehilfe bekommen, der war verrückt nach so etwas. Katthöfer lächelte die Frau an und wünschte sich nichts mehr, als dass sie endlich verschwinden möge. *Was will die Frau noch?*

Frau Gablonski blieb stehen. »Also, ich werd's mir wieder besorgen. Dat stinkt ja auch man nicht, dat Zeugs, ich will weder Mäuse noch Käfer noch Blattläuse bei mir rumrennen haben. Gehen die Viecher flott von ein. Wolln Se wirklich nicht?«

»Nein«, sagte er entschieden, »auf gar keinen Fall. Machen Sie sich keine Sorgen wegen dem Ungeziefer. Wenn's hier weiter sauber bleibt, und dafür sorge ich, verschwindet das von allein. Ich habe seit Tagen nichts gesehen oder gehört und die Mäuseköddel sind auch weniger geworden.«

~ * ~

Sich mit Bekannten unterhalten und Dinge klären, so etwas konnte Heinz Lennewegs besonders gut im Café Sander im Kohlenkamp. Die Besitzer hatten neu gebaut, ihr schönes historisches Gebäude war durch Bomben zu schwer beschädigt worden und musste abgerissen werden. Aber auch in dem Neubau war die Atmosphäre anders als in den Kneipen, die Umgebung hatte etwas Harmloses, fast Heimeliges an sich. So fühlte sich Heinz während der langen Unterhaltung, lud währenddessen den anderen zu einem weiteren Kännchen Kaffee ein, das dieser beiseiteschob. Das war Heinz zu schade, und gegen halb fünf hatte er einen Kaffeerausch, so aufgedreht war er, sein Herz klopfte hinter den Augen, es schien im ganzen Körper zu pochen, und Kopfschmerzen bahnten sich an. Nur als er zahlen wollte, eine generöse Handbewegung machte, die seinen Gast einschloss, wäre es fast unangenehm für ihn geworden. Die Bedienung, das Fräulein Schulte mit der weißen Schürze, nahm von ihm drei Fünfmarkscheine entgegen. Dabei flatterte ihr einer zu Boden. Während sie ihn aufhob, in der Hand hielt, stutzte sie. »Der fühlt sich komisch an, gucken Sie mal«, entnahm zum Vergleich einen Schein aus ihrer Kellnertasche, »der ist anders, irgendwie …«

Heinz' Gast griff zu. »Zeigen Sie mal!« Hielt beide Banknoten vergleichend gegen das gelbliche Licht der Stehlampe, die auf ihrem Tisch stand, und fragte Heinz: »Hast du noch andere?«

Der kramte in seiner Brieftasche.

Fräulein Schulte wurde ungeduldig. »Was ist?«

Mit jovialem Lächeln zog der andere seine Geldbörse hervor und reichte mit galanter Verbeugung einen Zehn- und einen Fünfmarkschein. »Wie aufmerksam!« Außerdem drückte er ihr zwei Fünfzigpfennigstücke in die Hand als Trinkgeld.

Er nahm seinen hellen Staubmantel von der Stuhllehne. »Ich muss los«, ging zur Kuchentheke und bestellte einen Escorial grün. Zeigte nach hinten.

Heinz grinste erfreut.

Zusätzlich kaufte der Mann eine Flasche dieses hochprozentigen Kräuterschnapses, zog aus der Manteltasche eine, hielt sie hoch: »Die ist schon fast wieder leer. Der Kräutergeschmack ist einfach zu lecker.« Er tröpfelte den Rest in das vorbereitete Glas, während Fräulein Schulte ein Streichholz anriss. Der junge Mann in der weißen Konditorjacke, der dazugekommen war, füllte das Glas aus einer anderen Flasche bis zum Rand auf. »Dann hat er so richtig was von!«, und schaute kurz dem edlen Spender hinterher.

Heinz trank den doppelten Hochprozentigen. Auch wenn die Flamme nach dem Flambieren wieder erloschen war, brannte es im Mund. In der Kehle. Vorsichtig lutschte er ein Stückchen Eis, das Fräulein Schulte ritualgerecht mit ins Glas getan hatte. Jetzt brannte es noch mehr. »Teufel eins …«, hustete er.

Nach einigen Minuten fühlte er sich benommen, und die Kopfschmerzen nahmen zu, anstatt aufzuhören. Er bekam einen außerordentlich starken Harndrang, rannte wieder und wieder zur Toilette, während ihn der Konditor kopfschüttelnd beobachtete.

Ich bin ja völlig beschickert, so glaubte er und tastete sich an den Häuserwänden entlang. Als er an einem Gebäude den Schriftzug »Escorial« las, würgte er. Frauen sahen ihn missbilligend an, schauten wieder weg, es war jetzt oft so, dass Männer zu viel tranken, um den Krieg zu vergessen. Einer fragte: »Brauchste Hilfe, Kumpel?«

Heinz keuchte. »Mir ist so schlecht, vertrag nix mehr, danke auch, bin bald zu Hause, ja, es geht …«

Schon eilte er weiter, und es gab kurze Augenblicke, in denen er sich ein kleines bisschen besser fühlte. Aber immer dann, wenn er aufatmete, setzte sein Elend erneut ein. Er wunderte sich nicht, als mit einem Mal Erinnerungsbilder auftauchten, die sich nur kurz an Ort und Zeit hielten, die weiterwanderten, schon sah er die Großeltern, den Vater, die Mutter und sich, als Kind. Er sah sogar das kostbare Osterei aus Porzellan, »handbemalt«, hatte die Mutter erklärt, und wie er es in die Hand nahm, damit aus der Stube laufen wollte, um es seinen Freunden zu zeigen, stolperte und das Ei auf dem Boden in tausend Splitter zersprang. Erinnerungen kamen wie in einem Film, er hörte Vergessenes, sah Geschehnisse, die in jener unheilvollen Zeit sein Leben durcheinandergebracht hatten, und blickte auf das Mädchen, das schon so lange tot war. Dieses Mädchen, neunzehn Jahre, und er hatte es eben noch geküsst … Wann war das gewesen?

~ ⋆ ~

Anna stutzte. Zuerst konnte sie nicht glauben, was sie da gerade sah. Entgeistert ließ sie die Einkaufstasche los. »Heinz!«, rief sie. Aber er schien sie nicht zu hören. Wie von Schmerzen gekrümmt stand er vor der Haustür und konnte sie anscheinend nicht öffnen. »Heinz!« *Wie er aussieht!* Ein intensiver Gestank wehte ihr entgegen. Er hustete. Es hörte sich verkrampft an. Speichel tropfte und Tränen rannen über sein Gesicht. Heinz rieb sich die Augen und stöhnte.

»Was ist?«, fragte Anna streng. »Hömma, hast du getrunken? … Igitt …«

Sie trat wieder zurück. *Vollgeschissen. Vollgekotzt. Jetzt sackt er zusammen. Will Heinz etwa vor der Haustür schlafen?*

»Reiß dich zusammen. Steh auf. Ich helfe dir.«

Anna zog ihn hoch. So ging das aber nicht. »Bleib gerade!« Sie schob und zerrte ihn in den Hof. Ließ den Mann mittendrin auf dem Schotter stehen. Riss ihm mit zurückgebogenem Kopf die Kleider vom Leib.

»Iiih … Was stinkste aber auch … Was hasse nur gemacht … ? Bis doch sonz keiner, der sich so volllaufen lässt.«

Nackt stand er da und zitterte erbärmlich. Sah aus, als könnte er nicht mehr sprechen. Jedenfalls sagte er nichts. Konnte nicht einmal gerade stehen. Anna beobachtete, wie er sich krümmte. *Was ist mit ihm? Nein, Heinz kann nicht betrunken sein. Was soll ich bloß davon halten, von diesem dürren Etwas, dürr wie ein Häftling, der plötzlich nur noch Spucke aus dem Mund laufen lässt und heult.* Sie schob ihn gegen die Hauswand, drehte sich um und ging zum Wasserhahn hinten in der Ecke, ließ sich erst mal das eiskalte Wasser über die Hände laufen. Dann füllte sie die beiden Eimer, die hier immer standen, und schleppte sie, einen nach dem anderen, zu Heinz, der noch an der Wand stand, gekrümmt, zitternd, beschmutzt, stinkend – und immer noch unfähig, etwas zu sagen. Mit dem ersten Eimer Wasser goss sie ihn ab wie ein Schwein, damit der gröbste Dreck runterkam. Mit dem zweiten Eimer goss sie in kleinen Schüben nach und rieb zwischendrin die Haut mit einem alten Aufnehmer sauber.

»Gez bisse wieder fein«, sagte Anna, ließ Eimer und Lappen liegen und ging mit Heinz um das Haus herum zurück zum Eingang. Sie störte sich nicht daran, dass er nackt war, griff die Einkaufstasche, die immer noch auf dem Bürgersteig stand, und ging, Heinz an der linken Hand führend wie ein Kind und rechts die schwere Einkaufstasche schleppend, die Treppen hoch zur Wohnung.

~ ★ ~

Er spürte sie mehr, als dass er sie sah. Aber Anna saß neben ihm und musste ihn in ihr eigenes Bett gelegt haben. Er fühlte Warmes in Höhe des Magens. Seine Hand tastete. Eine Wärmflasche. Und ehe er sich darüber freuen konnte, über die Wärme, die Fürsorge, wurde es so mühsam, zu atmen. Grauenvoll mühsam.

Während Anna noch überlegte, einen Arzt zu rufen, hörte er auf zu atmen. Und es brauchte lange Minuten, bis sie seinen Tod realisierte und wie erstarrt sitzen blieb.

So fand Alfred sie vor, als der auf der Suche nach der Quelle des Gestanks in der Wohnung in ihr Schlafzimmer schaute.

~ ★ ~

Der Arzt, der gleich um die Ecke seine Praxis hatte, untersuchte Heinz und schüttelte den Kopf. »Herr Poggel, es sind keine Lebenszeichen mehr vorhanden.«

Heinz' Augen waren einen Spalt breit offen. Schon verschwand alles Lebendige aus seinem Gesicht und Gedanken, die Heinz während seines Sterbens hatte, waren nicht mehr sichtbar.

Heinz' Kiefer sank nach unten, vor den Lippen stand ein Schaumpilz. Seine Blase entleerte sich.

Durch das Bewegen des Körpers entleerte sich auch der Darm.

»Wie seltsam, sehen Sie mal!«, rief Alfred. »Hier hat ja schon die Totenstarre eingesetzt. Sonst dauert es doch immer so eine halbe Stunde ...«

Prüfend blickte der Arzt auf den Leichnam. Stumm wies er auf Heinz' abstehende, gespreizte Zehen, auf Heinz' Muskeln, die sich mit einem Mal wie Wülste abhoben.

Auch Anna kam näher. »Hab ja genügend Tote gesehen. Aber der Heinz... Heinz, du siehst merkwürdig aus. Wissen Sie, Herr Doktor, während ich ihn in mein Bett brachte, lief ihm die Spucke nur so aus dem Mund. Und sein Puls raste – wie verrückt, ich hab ihn ja gefühlt.«

Dr. Heuvelmann wurde noch ernster als er schon war und bat Anna kurz aus dem Zimmer, nicht ohne sie zu loben: »Sie beobachten hervorragend«, und wandte sich flüsternd an Alfred. »Das war ....« Mehr konnte Anna nicht verstehen, bevor die Tür zuklappte.

Dr. Heuvelmann drehte die Leiche um. »Sehen Sie, Herr Kommissar? Ganz typisch. Eine Arteriolendilatation!«

»Was bitte?«, fragte Alfred.

»Was ich Ihnen eben sagte. So etwas bewirkt die Ausbildung negativer Totenflecken.«

»Heißt?«

»Bei Vergiftungen finden sich keine auf den Auflageflächen. Wir werden ihn auch nicht waschen.«

»Warum darf Heinz nicht gewaschen werden?« Anna hatte es im Flur nicht ausgehalten, kam wieder hinzu und starrte aus tränenblinden Augen.

»Weil«, Alfred blickte Anna aufmerksam an, »Heinz Lennewegs nach Pathologie aussieht.«

»Sie haben ›Vergiftungen‹ gesagt. Jemand hat ihn umgebracht, ermordet. Ja, warum denn nur? Heinz!«, sagte sie sehr leise und ging zum Fenster.

Alfred schob mit seinem Löffelbesteck etwas von dem Erbrochenen in eine Tüte, das deutliche Blutspuren aufwies.

Der Totenschein lag auf dem Nachtschränkchen. »Unklare Todesursache« war angekreuzt.

Alfred drehte den Körper ein wenig und in diesem Augenblick stieß der tote Heinz einen langgezogenen Seufzer aus.

Dr. Heuvelmann legte Anna beruhigend die Hand auf die Schulter. »Passiert manchmal.«

Der späte Nachmittag ging schon in einen grauen Abend über, nichts war mehr von dem blauen Frühlingstag übrig geblieben.

»Der Heinz, der hat doch niemanden mehr ...«, stellte Anna fest.

Alfred fragte: »Was hat er zuletzt gemacht? Wo kam er her, war er mit jemandem verabredet? Müssen Sie doch wissen, Frau Puff! Haben Sie einen Zweitschlüssel zu seiner Wohnung?«

Anna schüttelte den Kopf.

»Haben Sie oder haben Sie nicht?«, hakte Alfred nach. Er wollte an die frische Luft, nur Fenster aufreißen reichte nicht aus. Er fühlte sich, als sei seine Kleidung mit Erbrochenem bekleckert, und schrie innerlich nach einem heißen Bad.

Anna blieb stumm.

Alfred wiederholte seine Fragen. In einem behutsamen, fürsorglichen Ton.

Nach langen Schluchzern, die tief aus ihrem Bauch aufstiegen, begann sie. »Ich habe keinen Zweitschlüssel. Und zuletzt war der Heinz sehr zufrieden gewesen. Wenn er auch nicht sagte, warum und womit. Aber es reichte mir. So. Und mehr weiß ich nicht. Und jetzt soll er vergiftet sein?«

Alfred machte sich an Heinz' Kleidung zu schaffen, die er schon in eine große Tüte gepackt hatte. In der Jackentasche fand er einen Bund mit mehreren Schlüsseln. »Heinz wohnte in der Thusneldastraße? Die Hausnummer?«

Anna nannte sie ihm.

»Außerdem muss ich telefonieren!«, sagte er in einem recht autoritären Ton, damit sich von vornherein jedes Palaver um ein Telefongespräch erübrigte.

Alfred erreichte Dr. Goeke, berichtete in knappen Worten, forderte Kollegen an und bat um die Zustimmung zur Obduktion. Diese Mal reagierte der Staatsanwalt ganz in seinem Sinne. »Wenn der zuständige Richter die Sache abnickt, mache ich die Papiere dafür fertig. Bei ›unklar‹ sollte der Mann auf den Tisch der Pathologie … Vergiftet? Wer weiß, was solche Leute zu sich nehmen. Überprüfen Sie den Lebenswandel. Was Sie mir bislang erzählt haben, klingt nach einem der typischen kleinen Gauner, die wir momentan überall an den Buden herumlungern sehen.«

Am Ende des Gesprächs sagte er noch: »Ist schon eigenartig, Poggel, dass Sie auch in dieser Wohnung leben.«

Damit war ihre gegenseitige Abneigung aufs Großartigste wieder hergestellt.

Alfred nahm den Beutel mit Heinz' Kleidung und die Beweismitteltütchen an sich. Alles andere würden die gleich eintreffenden Kollegen mitnehmen. Aber er musste aus diesen Räumen raus. Rannte die Treppen hinunter, erleichtert, dem Gestank und der Leiche zu entkommen. Im Hausflur atmete er tief durch. Er hörte die Kellertür klappen. Die ehemalige Diakonisse kam ihm entgegen, auf dem Arm trug sie einen Berg Wäsche. Die Frau hatte Alfred seit seinem Einzug bei Anna Puff bisher nur ein oder zwei Mal gesehen. Ansonsten war sie unsichtbar. »Das Rad steht im Weg!«, sagte sie statt einer Begrüßung, zeigte dabei schlechte Zähne und schob sich an ihm vorbei.

Rad? Tatsächlich, ein Fahrrad stand in der Ecke, und er entdeckte sofort den aufgeklebten Zettel auf dem Sattel. *Für A. Poggel.* Das sah nach Heinz' krakeliger Schrift aus. Alfred hatte die mal gesehen.

Hat er tatsächlich ein Fahrrad besorgt? Wieder ein Damenrad. Er erzählte doch von einem Wehrmachtsrad mit allen Schikanen? Da ging wohl der Gernegroß mit ihm durch. Aber es ist besser und stabiler als mein Drahtesel. Der fällt sowieso bald auseinander.

Er schob das neue Rad nach draußen, sein bisheriges herein, nahm das Schloss mit, packte Heinz' Sachen hinten drauf und fuhr ins Präsidium.

Auf der Dienststelle ließ sich Dr. Goeke noch einmal alles ausführlich erzählen und befand mit wichtiger Miene: »Sollte sich der Grundverdacht auf ein Kapitalverbrechen verstärken, werden wir eine Mordkommission einrichten und den Fall übernehmen.«

~ ⋆ ~

In Alfred brodelte es. Dieser Staatsanwalt war zielsicher, er schoss seine kleinen spitzen Pfeile auf ihn ab. Dachte wohl, er sei zu dumm für alles, für die Ermittlungen und um die Gedankengänge anderer zu verstehen. *Aber ich werde den Mörder finden.* Nachdenklich blickte er aus dem Fenster seines Büros. *Zu dumm! Aber als ich ihn aus privatem Interesse heraus nach Schloss Broich gefragt habe, war er derjenige, der dummes Zeug erzählte. Ich kenne schließlich Herrn Röppmann, den Historiker. Wenn der mir sagt, dass die Schlossanlage die älteste aus spätkarolingischer Zeit erhaltene Burganlage nördlich der Alpen sei, dann stimmt das. Auch wenn mir die Spätkarolinger nichts sagen. Jedenfalls bin ich stolz, dass Mülheim solche Bauwerke besitzt.* Er war auch stolz darauf, ohne die notwendige Ausbildung seinen Dienstrang erreicht zu haben. Und wenn nun sein Können, seine Erfahrung, sein guter Instinkt abgewertet wurden, regten sich Zorn und Widerstand, und er machte dann Dinge, die sich definitiv gegen seinen Chef und die Kollegen richteten.

Eine gute Stunde nach Dienstschluss hatte ihn Goeke in sein Büro zitiert. Zitiert, nicht gebeten. Der fand es selbstverständlich, dass Alfred nicht pünktlich Feierabend machte, vor allem nicht, nachdem Heinz Lennewegs zum Mordfall geworden war. Mord. Für Alfred ungeheuerlich, weil der Mann in der Wohnung starb, in der er selbst lebte, weil er ihn gekannt hatte, weil es auch den Umgang mit Anna Puff erschwerte. Denn er musste nun mehr als einmal mit ihr sprechen und auch ihre privaten Räume durchsuchen. Natürlich war er hierbei ganz und gar in der Rolle des ermittelnden Kommissars – und dennoch, er war eben auch Frau Puffs Mieter …

»Neben dem Fall Lennewegs möchte ich die Anzeige vom Katthöfer endlich erledigt wissen«, begann Goeke ohne weitere Einleitung das Gespräch. »Sie wirken müde. Fühlen Sie sich überfordert, Herr Poggel? Doch wohl nicht – bisher haben Sie ja nicht allzu viel Arbeit gehabt. Sie sprachen vor kurzem von Zeugen, die Sie beibringen wollten oder wollen –, haben Sie inzwischen mit ihnen gesprochen?«

Die Zeugen. Was sollte er sagen? Plötzlich waren sie nicht mehr da. Aus- und weggezogen. Oder verreist. Und jetzt gab es Dringenderes zu tun. Zu klären. Zu fragen. Da musste diese Angelegenheit noch ein wenig warten. Wenn er ehrlich war, hatte er in den letzten aufregenden Tagen nicht mehr an das Naziopfer gedacht. Und da er um diese Uhrzeit Hunger hatte, reagierte Alfred gereizt. »Ich gehe schon zu dem Herrn Katthöfer«, sagte er ein wenig zu scharf. »Der Mann muss inzwischen umgezogen sein. Jedenfalls sprach er davon. Ich werde mit ihm in seiner Wohnung ein Gespräch führen, schließlich ist er weder beschuldigt noch angeklagt, nur ein betroffener Bürger. Ich werde ihn auch nach dem Verbleib der Zeugen fragen – ansonsten soll Schnittger nach den neuen Adressen recherchieren.«

»Warum so genervt, Herr Poggel?«

»Sie haben recht, die Leute brauchen wir«, versuchte Alfred einzulenken.

Goeke dozierte, während er sich zurücklehnte und Alfred von oben bis unten musterte: »Die Kriminalitätsdichte in Broich entspricht eigentlich dem normalen Durchschnitt. Nun will ich unter keinen Umständen, dass durch den Fall in der Wohnung der Anna Puff – ts ts, was für ein Name …«

»Lieber *bei* einer Puff wohnen, als im Puff«, nuschelte Alfred.

»Lassen Sie diese unpassenden Bonmots«, reagierte Dr. Goeke mit überraschender Härte auf Alfreds Sprachspiel. »Klären Sie den Mord auf. Es wäre mehr als fatal, wenn ein Giftmord auch noch Sogwirkung bekäme. Nicht, dass die Leute sozusagen auf den Geschmack kommen. Übrigens – haben die Markierungen von Lennewegs' Aufenthaltsradius Sie weitergebracht?«

»Ja«, log Alfred. »Die Mordkommission Ratte hat längst mit den Ermittlungen begonnen. Dass wissen Sie. Sie wissen auch, wir ermitteln in alle Richtungen, und der Obduktionsbericht liegt erst seit heute früh vor. Ich habe ihn extra abgeholt, damit's schneller geht und er nicht durch die Post muss. Dies nur zu Ihrer Information.« *Von allein wäre der nicht darauf gekommen.*

»Ratte? Na ja. Das Zeug wirkt auch bei denen.« Der Staatsanwalt stauchte einen Packen Schreibmaschinenpapier gerade, zog aus einem tintenbekleckstenUmlaufordner mehrere maschinenbeschriebene Blätter heraus, fuhr mit dem Zeigefinger über Worte und Sätze, hielt inne und las laut: »Nitro… Nitrophenyl… dingsda. Mein Gott, müssen Worte so lang sein?«

»Sie sprechen über Nitrophenylthiophosphorsäureester, Herr Doktor Goeke? Meinen Sie das?«

Der Staatsanwalt blickte Alfred aus zusammengekniffenen Augen kalt an. »Haben Sie alles fein auswendig gelernt? Gibt wohl nichts Besseres zu tun, ja? Wenn man in einem Haus mit Puff wohnt, dann hat man wohl Zeit für derlei Unsinn. Das gibt's doch gar nicht … Wie gut, dass ich meine Paula habe. Sie als Junggeselle, welch armselige Nächte, da kommt man auf so etwas, um einmal, ein einziges Mal dem Chef zu imponieren?« Dr. Goeke hatte ein Grinsen aufgesetzt, das auf Alfred unangemessen höhnisch wirkte.

»E605 haben viele in ihren Gartenschuppen«, sagte Alfred.

»Nun ja. Nun ja. Mag sein. Man nennt es auch Parathion«, sagte Goeke und hüstelte. »Wird oft als Pflanzenschutzmittel in Schreber- und Hausgärten eingesetzt, aber auch gegen Blattläuse und anderes Ungeziefer. Unglaublich giftig das Zeug, haben wir ja gesehen …«

Hab ich doch gesagt, seufzte Alfred innerlich. Irgendwie war ihm beim Anblick von Papier derzeit unbehaglich. Es war noch nicht lange her, dass Heinz welches von ihm wollte, und er hatte ihm in Aussicht auf Wurst und Kaffee einen leicht beschädigten Packen mitgebracht.

»Mir wurde zugetragen, dass Sie während der Obduktion – sagen wir mal, sozusagen geflohen sind?« Um Goekes Mund kräuselte sich Ironie. »Ja, die Rechtsmedizinerin, die Doktor Tintelnot, hat's mir berichtet.«

Allein um sich von dem Anblick des Papiers abzulenken, patzte Alfred: »Sie hätten dabei sein müssen!«

»Es gab einen wichtigen anderen Termin«, sagte Goeke.

»Können Sie ja so nennen. Aber als ich aus diesem kalten gefliesten Raum lief, und eben nicht mehr die Wagen mit den Gummihandschuhen, Pinzetten, Skalpellen, Scheren und Sägen, die Organwaage sehen konnte, auch nicht den Satz: ›Ich beginne mit der äußeren Leichenschau‹ hören, nicht den nackten Körper des Lennewegs sehen musste und endlich draußen versuchte, den widerlich süßlichen Gestank aus der Nase zu kriegen, da habe ich Sie gesehen.«

»Ach. Was ist daran Schlimmes? Herr Poggel, ich bitte doch sehr! Was Sie gesehen haben, ist etwas anderes, als Sie in Ihrem schlichten Hirn möglicherweise vermuten.« Goeke lachte und zeigte seine Zähne. Für Alfred sah es wie ein Blecken aus. »Jedenfalls sah der Mann, mit dem Sie sich unterhielten, wie einer der Frenzkebrüder aus.«

»Ich muss doch bitten …«

Alfred sagte dazu nichts mehr. Vielleicht hatte er sich auch geirrt. Obwohl er über ein gutes Personengedächtnis verfügte. Vor Wochen hatte er mit dem Zeugen Frenzke über eine Aussage zugunsten von Fritz Katthöfer gesprochen. Zu der Zeit wohnte der Zeuge noch in Styrum. Was er eben heute nicht mehr tat.

»Träumen Sie?« Goeke riss ihn aus seinen Gedanken.

»Heinz Lennewegs muss eine ziemliche Menge dieses Gifts eingenommen haben«, lenkte Alfred ein. »Ich überlege, ob er es versehentlich schluckte? Es könnte ja sein, dass die Flüssigkeit in einer Bierflasche war und er …«

»Ja, meinen Sie, der Mann trinkt irgend so einen Rest, der nach Bier aussieht, auch wenn's in einer Bierflasche ist? Schmeckt man doch.«

»Ich habe nachgelesen.« Alfred zog einen Zettel hervor. »Drei Milligramm je Kilogramm Körpergewicht reichen, um einen Menschen zu töten. Bei dem dürren Spucht, der höchstens sechzig gewogen hat, hätten achtzehn bis zwanzig Gramm gereicht. Es ist aber mehr nachgewiesen worden. Ungefähr dreißig Gramm hatte Heinz Lennewegs intus. Deshalb ging es auch so auffällig schnell.« Alfred sah seinen Vorgesetzten forschend an.

»Warum wollte hier einer ganz sicher gehen? Wusste der Tote etwas Wichtiges, das nicht öffentlich werden durfte?«

»Lennewegs war nur in Schiebergeschäfte verwickelt, hatte Kontakte in Essen … Das ist nichts Aufsehenerregendes. – Noch etwas: Frau Puff fragt, wann der Mann beerdigt werden kann?«

»Wenn ich die Leiche freigebe.«

»Wann wird dies sein?«

»Da wird die Frau noch einen oder zwei Tage warten müssen. Was Sie aber auch für einen Umgang haben, Poggel, Poggel!«

»So ist das wahre Leben, Herr Doktor Goeke! Nur so erfährt man als Polizist mehr als bei den artigen Bürgern …«

»Wie meinen Sie das?«

»Wie ich es sage. Jedenfalls habe ich gestern Abend die persönlich genutzten Räume von Frau Puff durchsucht. Das ging am besten allein, ohne einen Kollegen. Schließlich möchte ich dort erst einmal wohnen bleiben. Die Frau hat ganz pfiffige Ideen, glauben Sie man ja nicht, die sei dumm. Jedenfalls gab es nichts Auffälliges. Nur ihre Kammer neben der Küche …« Alfred verschwieg, dass er hier eine Menge Kaffee, Schokolade und ähnliches gefunden hatte. Er fand, es gehöre jetzt nicht in dieses Gespräch. »Da gab es Putzmittel, Besen, Schrubber und ganz oben, hinter Kram und Einweckgläsern, eine

Packung *Zelio-Giftkörner.* Ein Thalliumsulfat, also kein E605. Aber hochgiftig! Ich hab's in die Asservatenkammer gebracht, ich will nicht in einem Haushalt sein, wo derartiges gehortet wird. Warum sie das hat, konnte sie mir nicht genau erklären. Von unserem Giftexperten, dem Doktor Schneiderheinze, habe ich mir sagen lassen, dass dieses Zeug bei Einnahme oder Kontakt fast dieselben Symptome hervorruft wie jenes, das der Heinz … Deshalb habe ich Frau Puff für übermorgen vorgeladen. Damit ihr klar wird, was so ein Gift anrichten kann.«

»Da haben Sie mal gut mitgedacht«, lobte Goeke. »Geht doch!«

»Ich habe ja den Schlüssel zu Lennewegs Wohnung. Mit Schnittger oder einem anderen Kollegen nehme ich die Räume gründlich unter die Lupe.«

Alfred stand immer noch am Fenster seines Büros und dachte über das Gespräch mit Goeke nach. Dachte auch, es sei schon interessant, dass sich Heinz neben seinem warmen Bett bei Anna eine Wohnung leisten konnte. Der hatte wahrscheinlich tausend Kontakte, verkaufte hier und da und kam zurecht. Während ich auf jede Mark achten muss.

8.

»Schon ziemlich absurd, dass du ausgerechnet in meinem Bett sterben musstest. In dem haben wir so manche Nacht ganz anderes als Sterben gemacht. Heinz! Stell dir vor, meine Zimmer wurden durchsucht – ja, wenn der Herr Poggel mir mal sagen würde, was er denn sucht.« Anna Puff redete vor sich hin, während sie Heinz' Sachen, die sich in ihrem Schlafzimmer befanden, in einen Karton packte. »Du sagst mir, was passiert ist. Hast du das da oben gehört? Was für ein Durcheinander … Hängt alles mit deiner Fahrt nach Essen zusammen? Sach endlich was. Ich würd's nämlich gern eher rausfinden, wer dich umgebracht hat, ich würd's wirklich eher wissen wollen als der Herr Poggel, der jetzt so wichtig tut. Du weißt doch, ich hab den sechsten Sinn. Und der trügt nie. Oder selten. Heinz?!«

Anna schob den Karton neben ihren Kleiderschrank, dessen Maserung gut geölt glänzte, während die Maisonne ins Zimmer schien. »Hömma, wenn der Inspektor heute Abend schon wieder mit mir reden will – ich weiß doch auch nicht, wer dich … Du?« Sie hielt inne, zog den Karton wieder vor und knibbelte die Knoten des dicken Bindfadens, den sie darum gezogen hatte, mit Daumen und Zeigefinger auf. Schüttelte zwei Hosen und die an den Ärmeln geflickte Wolljacke aus. Etwas fiel auf den Fußboden und hob sich metallisch von den braun gestrichenen Holzdielen ab. Flink bückte sie sich und steckte die zwei Schlüssel ein, die ein Schlüsselring, der wie eine nackte Frau geformt war, zusammenhielt. »Wo haste die Trulla denn wech, Heinz? Die gibt's doch bei der Rosenmadam am Dickswall, soso, warste da auch? Konnste nicht genuch krijen? Haste Pinke dafür gehabt, sach – das ist jetzt aber ein Zeichen, dass ich bei dir gucken soll, nick mal eben!« Schon packte sie die Sachen in den Karton zurück und stieß dabei gegen ihren Nachtschrank. Heinz' gerahmtes Foto, das auf der Glasplatte mit dem darunterliegenden runden Häkeldeckchen stand, wackelte. »Fein. Jetzt hast du ›Ja‹ zu meiner Idee gesacht. Dann will ich mich mal beeilen, ehe der Herr Poggel aufkreuzt. Musser ja nicht sehen, dass ich raus bin, nachher beordert er noch diesen Meisterdetektiv, den Sherlock Holmes mit seinem Doktor Watson, damit die hinter mir herschleichen können, wie damals der Rühmann mit dem Albers …«

~ * ~

Mit wehendem Rock und einem anhaltenden Lächeln radelte Anna Puff zur winzigen Thusneldastraße nahe der Ulmenallee. Hier in Broich konnte sie alles schnell erreichen. Anna nahm vom Gepäckträger zwei große Einkaufstaschen – in einer steckte noch eins der praktischen gehäkelten Netze –, ging zur Haustür, steckte wie selbstverständlich einen der beiden Schlüssel ins Schloss, öffnete und stieg die Treppen hoch, immer weiter, bis in den vierten Stock, wo die Treppe zur steilen Stiege wurde. Rechts, unter dem Dach, befand sich Heinz' Wohnung. Sie war erst einmal hier gewesen. Heinz hatte sie nicht reingelassen, hatte verschämt die Tür hinter sich zugezogen und war mit ihr spazieren gegangen. Auch der zweite Schlüssel passte, und Anna huschte ungesehen hinein.

Die Luft stand im Flur und im Zimmer, war wie zähflüssiger Sirup, roch stumpf und tot. Außerdem war es warm, viel zu warm. Anna bekam ein puterrotes Gesicht, Wärme lag ihr nicht so, Wärme hatte sie selbst genug. »Wolln wer mal, näch, Heinz?«

Sie war versucht, die zwei kleinen Fenster zu öffnen. Besser nicht. *Nachher kommt der Herr Poggel und merkt das noch. Der mit seinen Gerätschaften, weiß ich, was der mitschleppt, wenn er die Wohnung begucken will. Hatter gestern Abend gesagt.* »Heinz, sach, wo soll ich nachsehen?«

Anna war vorsichtig bei ihrer Suche. Das hatte sie als Vermieterin gelernt. Schließlich musste sie doch an und ab in den Zimmern ihrer Mieter nachsehen, was die so versteckten.

Armselig war das alles. Das Bett mit dem Eisengestell, der schäbige Läufer davor, die Kochplatte – völlig verkrustet. Aber der Tisch, den er für alles gebraucht hatte, war schön. Zu groß, aber immerhin. Darauf stand seine Schreibmaschine. Papier lag herum.

Anna zog unter der Spüle etwas hervor und schüttelte den Kopf. »Hast du etwa damit deine Wäsche ausgewrungen? Getrocknet gar? Heinz, Heinz! Die ist doch viel zu klein, reicht ja man gerade für ein Taschentuch, hättste mich doch fragen können, wenn du nett gefracht hättest, ich hab doch jetzt die Waschmaschine und die Schleuder. Was fürn Unfug aber auch.«

Sie hob die Wringmaschine hoch, stellte das Teil auf den Tisch und drehte an der Kurbel. Unter der Walze klebte etwas. Bunt kam es während des Drehens zum Vorschein. Anna griff nach dem Papier, nahm es in die Hand und … »Herrjemine, Heinz! Wie bist du mit dem Geld umgegangen? Was hat das in der Mangel zu suchen?« Sofort öffnete sie ihre Taschen – aber für die Wringmaschine waren sie zu klein. »Wo so was ist, ist auch noch mehr!« Sie kroch über den Fußboden, sah in jede Ecke, versuchte, den Schrank vorzurücken, nachdem sie darin nichts Auffälliges gefunden hatte. Sie klopfte die Wände ab. Es kam nichts Besonderes zum Vorschein, keine geheimen Verstecke, kein Tresor oder so etwas ähnliches, von solchen Dingen hatte Heinz an manchen Abenden erzählt – das war so eine Art gruselige Märchenstunde gewesen. Einen Kellerraum gab es nicht, Heinz hatte manches bei ihr untergestellt.

Sie bekam das Gefühl, die Zeit dränge jetzt. Immer mehr schwitzte Anna, Haarsträhnen lösten sich aus den Kämmen und hingen ihr im Gesicht. Während des Kriechens über den Fußboden hatte sie sich Laufmaschen zugezogen. Anna wusste, dass das erbärmlich aussah, hatte aber keine Zeit, sich darüber zu ärgern. Sie umrundete den Tisch. Bückte sich. Und da waren die Schubladen, die Trecken, die man nicht gleich sehen konnte. Sie zog eine nach der anderen vor. Kram, Papier, Farben. Und dann entdeckte Anna ein Teil, das sie noch nie zuvor gesehen hatte. Eine rechteckige Metallplatte, in die etwas eingeritzt war. Während sie darauf starrte, verwandelte sich das Bild, das sie im Negativ sah, in ein Positiv. Als sie begriff, was sie sah, hielt sie die Luft an und ihre Gedanken rasten.

Jetzt war ihr, als hätten die Wände Ohren. Schnell öffnete sie die Einkaufstasche und wollte alles hineinwerfen. Dann hielt sie innne. *Stop, Anna Puff! Dat machse nich. Wozu auch. Heinz is tot und wird nich wieder lebendig, und was er verbockt hat, dat kommt sowieso raus. Dat is nich zu ändern. Aber wer dat mit 'n armen Heinz gemacht hat, dat muss auch bekannt werden. Vielleicht schafft dat der Herr Poggel, scheint ja 'n patenter Kerl zu sein.*

Sie legte die Druckplatte zurück und begann noch einmal mit ihrer Suche. Bei der kleinen wackeligen Kommode neben dem Bett zog sie die Schublade auf – und wurde rot. *Da is der? Der Heinz hat sich den gekrallt?* Sie zog einen ihrer BHs heraus. *Un 'n Schlüpfer auch noch, dazu noch son ollen schlabbrigen. Wat wollte der denn damit? Dran riechen? Hätte er doch am Original haben können …*

Anna wollte die Schublade zuschieben, da fiel ihr etwas auf, sie fingerte einen Zettel heraus, auf dem in schöner Schrift eine Adresse stand. Regina Klötzc, Essen, Kleingärtnerverein, zwischen Postreitweg und Königsberger Straße. Wut kam in Anna hoch. Eine andere Frau, womöglich hat die den Heinz umgebracht, aus Eifersucht, weil er bei seiner Anna bleiben wollte. »Das hatte der also in Essen zu tun. Na du kannst wat erleben, du Flittchen, dat sach ich dir. Jetzt nimmt Anna Puff die Sache in die Hand!«

Plötzlich hörte sie von unten eine Stimme. Und die kannte sie.

~ ⋆ ~

An diesem Nachmittag hatte Fritz Katthöfer Lust auf eine Frau, eine vertraute, bei der er nicht lange werben musste. Thekla, die Schöne, hatte weder heute noch morgen Zeit für ihn. Da sie ja auch Geld für ihre Liebe nahm, wollte er lieber das Nützliche mit dem Angenehmen verbinden.

Er trug jenen Anzug, den ihm vor drei Jahren die Brunhilde aus der Sandstraße genäht hatte. Und zu Brunhilde wollte er. Katthöfer hatte sie lange nicht besucht. Über dem Arm trug er, in ein großes Tuch eingeschlagen, seine Hose vom neuen Maßanzug, die Beine waren zu lang, aber beim Maßschneider hatte er sich nicht durchringen können, sie gleich in der passenden Länge arbeiten zu lassen. Schließlich war Katthöfer in seinem Bild von sich selbst mindestens zehn

Zentimeter größer, als er tatsächlich aufwies. Aber so konnte er diesen wunderbaren Tuchanzug nicht tragen, ständig stolperte er über die Hosenbeine, die sich beim Gehen unter die Absätze seiner neuen Schuhe schoben. Ihm war daran gelegen, dass niemand genauer auf diese Absätze schaute, er hatte sie um zwei Zentimeter erhöhen lassen. Und auch das ging den Maßschneider nichts an.

Er war nicht sicher, ob Brunhilde ihn sehen wollte. Schließlich konnte sie in der Zwischenzeit einen anderen Mann kennengelernt haben, einen, der auch Vater für ihre zwei Söhne sein wollte. Im Prinzip war es ihm egal, er legte keinen besonderen Wert auf jahrelange Treue. Und er konnte immer noch fragen, kannst du mir meine Hose ändern?

Sie war allein. Etwas verlegen hatte sie ihre nassen Hände an der bunten Schürze abgewischt und ihn dann hereingebeten. Die Jungen spielten draußen, oberhalb der Sandstraße. Wie sie ihn so still anschaute … Katthöfer war gerührt. Ihm gefiel es, weil Brunhilde nicht eine von denen war, die ständig reden mussten.

Er zeigte ihr die Hose und bat die Frau, sie zu kürzen. Dabei musste er sich ausziehen, in der Küche. Währenddessen lächelte Brunhilde, und es sah für ihn erwartungsvoll, beinahe sehnsüchtig aus. Katthöfer beeilte sich, denn so halb angezogen vor ihr zu stehen verunsicherte ihn, schnell stieg er in die andere Hose und zog die Schuhe wieder an.

Natürlich sah Brunhilde die Sache mit den Absätzen. Aber dazu sagte sie nichts, holte ihr Nadelkissen, schob es auf den Unterarm, bückte sich, kniete vor dem Mann und schlug jedes Hosenbein bestimmt fünf Zentimeter um. Als sie aufstand, die restlichen Nadeln aus dem Mund nahm, weglegte, rollte sie einen Standspiegel heran. »Sieh es dir selbst an. Lauf mal hin und her, dann merkst du, ob sie noch immer schlappen tut.«

Katthöfer guckte. Er war zufrieden. »Hättest du Lust, mal wieder …?« Bei Brunhilde war er behutsam.

Sie lächelte immer noch. Es sah so entspannt aus.

»Nun?«, fragte er.

»Es ist jetzt ungünstig. Ich bekomme nachher Besuch.« Dabei schaute sie ihn entschlossen an. »Deine Hose kannst du Ende der Woche abholen. Dann bekomme ich keinen Besuch.«

~ * ~

Anna zog die Tür hinter sich zu. Ihr Herz klopfte so laut, dass sie dachte, es müsse jeder im Haus hören. Schritte kamen näher. Das Knarren auf den Stufen wurde lauter. Zur Treppe konnte sie also nicht. Ihre Augen rasten wie eine Maus auf der Flucht in alle Ecken – und da sah sie, dass hinter Heinz' Wohnung noch ein kleiner Gang herumging. Er endete an einer Tür, vermutlich zum Dachboden. Mit ihren Einkaufstaschen und der Wringmaschine unter dem Arm raste sie dahin, hielt die Luft an, um sich so dünn wie möglich und vor allem unsichtbar zu machen. Die Tür öffnete sie nicht, um kein Geräusch zu verursachen. Sie wollte sich davonstehlen, wenn der Herr Poggel im Zimmer war.

Sie kamen zu zweit. Alfred und ein Mann, den Anna nicht kannte. Sie hörte ihre Stimmen, hörte, wie die Tür aufgeschlossen wurde und die Männer hineingingen.

Anna legte den Kopf gegen die Wand.

Sie konnte nichts verstehen. Da entschloss sie sich, nach Hause zu radeln.

Das Licht war hier oben diffus, und Anna ging vorsichtig, um nicht zu stolpern.

Vor Heinz' Tür blieb sie noch einmal stehen. Nichts war zu hören. *Was machen die da drinnen?*

Und dann ging alles ganz schnell. Zu schnell. Die Tür wurde geöffnet, im Türrahmen stand Alfred. Hastig wollte Anna »Guten Tag« sagen und die Treppe hinuntereilen, da rief er: »Frau Puff? Waren Sie eben in der Wohnung? Darinnen riecht es nach 4711. Das benutzen Sie doch auch, nicht wahr?«

Für einen Moment war Anna verblüfft, stolperte und dabei rutschte ihr die Einkaufstasche aus der Hand und schlitterte die Treppe hinunter.

»Schnittger, kommen Sie mal bitte!«, rief Alfred. »Der guten Frau Puff ist etwas hingefallen. Wären Sie so nett und holen es wieder herauf?« Und zu Anna gewandt: »Eigentlich geht das nicht, aber kommen Sie bitte noch mal in Lennewegs Wohnung.«

»Warum denn, ich hab's eilig, Herr Poggel.« Anna dachte, *was bleibt mir anderes übrig, ich wollte den Heinz nur schützen …* »Ich habe nichts Schlimmes gemacht, habe mir nur ein paar Sachen aus seiner Wohnung geholt …«

Jürgen Schnittger legte die Tasche auf den Tisch.

»Was haben wir denn da drin?«, fragte Alfred. Anna wurde rot. Während Alfred hineinschaute, wurde auch er rot.

»Das haben Sie aus dieser Wohnung geholt?«

Anna sagte nichts.

»Das kommt in die Dienststelle.«

»Was? Aber es ist doch mein …«

Alfred zuckte mit den Achseln. »Hilft nichts. Alles, was in der Wohnung gefunden wird, muss untersucht werden. Sie erhalten Ihren hübschen Büstenhalter ja zurück.«

Anna schluckte.

»So. Und was Sie da die ganze Zeit unterm Arm haben – legen Sie es mal hin. Ist doch von hier? Schau an, Schnittger, Sehen Sie mal, eine Wringmaschine, so eine kleine. Aha. Die wurde umgebaut«, stellte Alfred fachmännisch fest. Er wandte sich wieder an Anna. »Wir durchsuchen und versiegeln anschließend die Wohnung. Und Sie, Frau Puff, dürfen ab sofort – solange dieses Siegel vor der Tür klebt« – er zeigte Anna einen bedruckten Papierstreifen – »nicht mehr die Räume betreten. Sonst machen Sie sich strafbar. Schließlich konnten wir schon die Vorrausetzungen für eine Sicherstellung oder Beschlagnahme nach dem Paragrafen vierundneunzig aus der Strafprozessordnung feststellen … Ich zitiere, damit Sie mich besser verstehen: Erstens, Gegenstände, die als Beweismittel für die Untersuchung von Bedeutung sein können, sind in Verwahrung zu nehmen oder in anderer Weise sicherzustellen. Und zweitens, befinden sich die Gegenstände in dem Gewahrsam einer Person und werden sie nicht freiwillig herausgegeben, so bedarf es der Beschlagnahme. Also? Noch Fragen?«

Das klang überaus wichtig und Alfred blickte Anna dabei streng an. Er musste so handeln. Eine Wohnung war keine mobile Sache, und deshalb musste deren Inhalt sichergestellt werden. »Und«, begann er wieder, »noch etwas. Sie haben Spuren verwischt.«

»Was?« Anna wurde blass.

»Es ist möglich, dass wir auch hier die professionelle Spurensuche vornehmen lassen müssen. Aber Sie krauchen überall herum … So geht das nicht, Frau Puff! Das war schon in Ihrem Schlafzimmer so. Als ich mit den Kollegen zurückkam, waren Sie am wischen, und wir haben es nun doppelt und dreifach schwer, den Mörder Ihres Geliebten zu finden.«

Anna blickte Alfred und Jürgen Schnittger von unten nach oben an. »Woher soll ich das alles wissen, Herr Poggel? Und in Heinz' Wohnung zu gehen, hat mir niemand vorher verboten. Damit Sie's nur wissen.«

Mist. Irgendwie hat sie recht. Deshalb, nur deshalb klang Alfreds Stimme jetzt sanfter: »Der Staatsanwalt hat die Leiche freigegeben, also, der Heinz kann beerdigt werden.«

~ ⋆ ~

Anna radelte nach Hause, im Kopf zornige Gedanken. *So geht auch ein Kommissar nicht mit mir um. Auch der Poggel nicht. Sonst kann er sich ein anderes Zimmer suchen …*

Plötzlich hörte sie ein empörtes: »Passen Sie doch auf!« Ein Mann sprang zur Seite. Sie bremste und hatte ihn schon mit dem Vorderrad angestoßen. Hastig entschuldigte sie sich, dachte, *ist soon Feinen,* erkannte aber gleich, dass sein Anzug nicht der neueste war, und wurde wieder sicherer. »Sie müssen aufpassen!«, konterte sie, wenn auch ein wenig verzögert.

»Gute Frau, Sie haben mir meinen neuen Schuh verdorben!« Der Mann zeigte auf eine Schramme und einen Schmutzfleck.

»Kriegen Sie wieder wech.«

»Sie wissen nicht, was diese Schuhe gekostet haben. Sind schließlich von Bally, aber von so etwas haben Sie sicher keine Ahnung. Schreiben Sie mir Ihre Adresse auf, falls ich sie reparieren lassen muss. Dann zahlen Sie, gute Frau.«

Anna stieg vom Rad und seufzte schwer. Heute ging alles daneben. Es ging sowieso alles schief, seitdem Heinz tot war. Ihr Beschützer, ihr Freund …

Der Mann reichte ihr ein Stück Papier und einen dieser schönen Vierfarbkugelschreiber. Begierig sah Anna den Stift an. So etwas gefiel ihr gut. Sie schrieb und gab Zettel und Schreiber zurück. »Kann ich jetzt weiter? Sie machen vielleicht einen Aufstand!«

»Ach. Sie sind die Frau Puff?«, fragte der Mann erstaunt und sah sie genauer an.

»Was dagegen?«

~ ⋆ ~

»Hören Sie mit der Heulerei auf, Frau Puff.«

Tränen bei Frauen machten Alfred hilflos und gleichzeitig wütend. Er konnte schon lange nicht mehr weinen. Er hatte zu viel Grausames im Krieg gesehen und gehört, hatte zu viele Leichen auf Karren geladen, nach jenem schrecklichen großen Angriff auf Mülheim.

Anna schluchzte.

Eigentlich möchte ich hier wohnen bleiben. Alfred entschloss sich, seine Vermieterin erst einmal aus dem Kreis der Verdächtigen auszuschließen. Dabei gab es keinen Kreis und keine anderen verdächtigen Personen. Er und seine Kollegen befanden sich mit der Mordermittlung »Ratte« noch ganz am Anfang.

Mit Schnittger hatte er die Fundsachen samt Annas BH ins Präsidium gebracht, konnte mit einem erfahrenen Kollegen darüber sprechen und ihm die Wringmaschine und die Druckplatte zeigen. Das war wichtig, bevor Alfred mit Goeke darüber sprechen musste. Nach kurzer Prüfung erklärte ihm Georg Albershausen, ein schlanker Mann Mitte vierzig: »Ist nur der erste Eindruck – aber die Utensilien passen ganz gut in das Bild mit diesen auffallenden Fünf-Mark-Blüten, die in den letzten Tagen aufgetaucht sind. Morgen oder übermorgen weiß ich mehr. Und jenes Wäschestück – na ja … Jetzt ist Feierabend! Wiedersehen.«

»Frau Puff! Was glauben Sie, was das für Dinge waren, die wir Ihnen in Heinz' Wohnung abgenommen haben?« Er hütete sich, zum Beispiel »Druckplatte« zu sagen.

»Ich hab es geahnt. Jetzt weiß ich auch, warum sich Heinz in der letzten Zeit so einiges kaufen konnte. Eben mehr als sonst.«

»Und Sie wollten also Diverses mitnehmen? So etwas nennt man Unterschlagung von Beweismitteln!«

»So einen handlichen Wringer kann ich gut gebrauchen, wenn der Trockner mal ausfällt … Und ich habe nur die Sachen geholt, die mir gehören. Meine Intimwäsche. Ich find's schon ziemlich unverfroren, dass die Polizei da jetzt drin herumwühlt.«

»Frau Puff!«

»Was machen Sie da eigentlich mit?«, trotzte sie. »Halten Ihre Nase rein und reißen Witze drüber?«

»Jetzt ist's aber gut!« Alfred schlug mit der Hand auf den Tisch. Anna zuckte zusammen und war still. »Ihre Wäsche bekommen Sie schon wieder. Aber wir müssen reden. Sie können mir wahrscheinlich helfen. Sie richten doch die Beerdigung aus. Wann findet die statt und wo?«

Anna nannte Tag und Ort.

»In der Kapelle an der Holzstraße? Wenn ich es schaffe, komme ich.« Er nickte ihr zu. »Und jetzt sagen Sie mir alles, was Sie wissen, besonders über seine Bekanntschaften. Erzählen Sie auch Ereignisse im Zusammenhang mit Ihrem Freund, die Ihnen banal erscheinen. Wir können uns hier unterhalten, nur später müssen Sie zum Unterschreiben des Protokolls ins Büro kommen. Also, was wissen Sie?«

Anna schüttelte den Kopf. Dann fiel ihr etwas ein. *Besser, ich arbeite mit dem Kommissar zusammen. Dann werd ich vielleicht berühmt? So als die grandiose Vermieterin mit dem richtigen Riecher?* Sie griff in die Schürzentasche, holte einen Zettel raus und legte ihn auf den Tisch.

»Regina Klötzc, Essen, Schrebergartenverein … wo haben Sie den her?«

»Der Zettel lag in Heinz' seiner Kommode unter … unter meinen Sachen.«

»Kennen Sie die Person?«

»Heinz hat nie von der erzählt. Aber das sach ich Sie, wenn die den Heinz aus Eifersucht ermordet hat, dann kratz ich der die Augen …«

»Ganz ruhig. Noch wissen wir nicht, um wen es sich handelt und in welcher Beziehung die Frau zu Herrn Lennewegs stand.«

»Dat mein ich, Herr Poggel. Wenn die also eine Beziehung zu meinen Heinz …«

»Bitte!« Alfred verdrehte die Augen. »Jetzt lassen Sie uns herausfinden, welche Verbindungen bestanden und ob überhaupt. Sagen Sie mir lieber, ob dies die Schrift von Herrn Lennewegs ist.«

Anna schüttelte den Kopf. »Der krakelte, deshalb hatte er ja die Schreibmaschine.«

Alfred notierte die Angaben in seinen Spiralblock und schob den Zettel in eins seiner Tütchen.

Plötzlich sprang Anna auf. »Augenblick!« Nach wenigen Minuten kam sie aus ihrem Schlafzimmer zurück. »Hier. Die sind vom Heinz.«

Alfred betrachtete mehrere Fünfmarkscheine. »Ich muss die beschlagnahmen. Wenn die sauber sind, erhalten Sie das Geld zurück.«

Anna nickte ergeben. Wieder schwand etwas von ihrem Geldpolster. Immer noch schwebte ihr ein kleines Hotel vor. Das war ihr Traum. Und dann hatte sie den sterbenden Heinz vor Augen, seine schrecklichen letzten Minuten.

Sie weinte bitterlich.

~ * ~

»Poggel, das ist ja ein starkes Stück.«

Mehr fällt ihm nicht dazu ein?

»Ein Falschmünzer war der Tote? Sind Sie da sicher? Er soll doch nur ein kleiner Schieber gewesen sein.«

»Herr Goeke …«

»Für Sie immer noch Doktor Goeke.«

Arschloch!

»… wir haben, wie Sie in der Auflistung sehen, alles gefunden, womit ein geschickter Mensch Fünfmarkscheine herstellen kann.«

Goeke bekam eine tiefe Steilfalte oberhalb der Brille. Es störte ihn ungemein, dass dieser Kommissar seinen Hinweis derart ignorierte.

»Eine handliche Wringmaschine, zur Druckpresse umgebaut. Auch die Druckplatte war gut gemacht – allerdings weist sie einen Fehler auf, denselben, den wir in letzter Zeit häufiger bei Fünfmarkblüten feststellen konnten. Und diesen Fehler weisen auch die Scheine auf, die mir Frau Puff aus Lennewegs' Nachlass übergab.«

»Damit sind wir ein Schrittchen weiter und haben die Quelle für diese Blüten. Der Heinz Lennewegs. Man lernt nie aus … « Dr. Goeke klang seltsam erfreut. »Oder meinen Sie nicht, Herr Poggel?«

Er hat seine Lektion gelernt, dachte Alfred und war sehr zufrieden mit sich. »Ich bin nicht ganz sicher. Wir fanden bei dem Toten normales Schreibmaschinenpapier und Farben, die zum Fälschen nicht besonders geeignet sind. Die daraus entstandenen Farbabweichungen fielen uns ja schon bei den Blüten auf.«

»Dann haben wir's ja.«

»Eben nicht! Es sind noch andere Fünfmarkblüten im Umlauf, beinahe fehlerlos, und auf einer Papiersorte mit passendem Baumwollanteil gedruckt. Mit Farben, die so gut sind, dass man die Fälschungen von den Originalen fast nicht unterscheiden kann.« Alfred fächerte drei Fünfmarkscheine auf den Tisch.

»Der hier ist der Falsche!« Goeke nahm einen Schein in die Hand.

»Genau. Hier stimmen die Farben nicht, und da, sehen Sie, unten bei ›Deutsche Mark‹, also hier der Übergang vom H zum E, der ist unterbrochen.«

Goeke beugte sich über die Scheine, kniff die Augen zusammen, nahm die Brille ab, betrachtete die beiden anderen Banknoten ausgiebig und erkannte, dass dort die Buchstaben ineinander übergingen. Er legte den Lennewegs-Schein zur Seite und hielt die anderen gegen das Licht.

»Die sind doch echt.«

»Einer davon ist falsch.«

»Gehen Se doch weg, Poggel. Markieren Sie nicht den Sachverständigen …« Dennoch hielt er die Scheine erneut hoch, hielt sie dicht vor die Augen, besah sie dann aus einem größeren Abstand, in dem er sie weit von sich hielt. »Ich kann keinen Unterschied erkennen.«

»Ich hätte ihn auch nie entdeckt«, gab Alfred zu. »Da geht es uns allmählich ein wenig besser, obwohl«, Alfred zeigte nach draußen, »noch so viele Ruinen stehen und Grundstücke mit Trümmern zugeschüttet sind, wir unsere schöne neue Deutsche Mark haben …«

»Aufhören! Ich brauche keinen sentimentalen Vortrag«, näselte Goeke.

»Ist doch wahr. Ich habe Albershausen befragt, der vermutete etwas in Richtung Blüten. Wir sind dann zur Bank rüber, und dort hat man uns die Feinheiten erklärt. Jedenfalls wissen wir«, Alfred blickte Dr. Goeke fest an, »dass diese Fälschung ausgezeichnet ist und nur durch einen guten Künstler hergestellt werden konnte.«

»Weiter. Nun mal nicht so langatmig.«

Jetzt ratterte Alfred alles runter, was er wusste. »Bankdirektor Schroer sagte, der Fälscher habe jede Linie so exakt wie im Original gezeichnet und die Farben so genau angesetzt, dass sie vom bloßen Anblick her nicht zu unterscheiden sind. Höchstens im Labor. Das Papier ist dem Original sehr ähnlich, der Fälscher versteht was von Papier und seiner Herstellung – nur an einer Stelle war er nachlässig, also, hier, beim Schiff im Hintergrund, rechts oben die zwei schräg stehenden Linien.«

»Nicht so hastig. Meinen Sie die Masten?«

»Dahinter – oben!«

»Sicher sehe ich. Der hier hat nur eine Linie. Und daneben ist … Reichen Sie mir meine Lupe, oberste Schublade links!«

»Sehen Sie es?«

»Ich weiß nicht. Mit viel Fantasie könnte es ein grinsendes Gesicht sein. Aber warum?«

»Sicher das Markenzeichen des Fälschers. Was weiß ich.«

»Verrückt. Der verscheißert alle oder wie? Warum kann der nicht von Lennewegs stammen? Würde doch zu solch einem Typen passen.«

»Glaub ich nicht«, sagte Alfred. »Ich kannte ihn ja. Schieber. Ehemaliger Schwarzmarkthändler. Ein Huscher mit schnellen Händen. Der sollte mal für Frau Puff einen Schrank zeichnen, den sie sich wünschte. Nee, so wie der dann aussah – passt nicht. Möglich, dass er diese Fünfer-Druckplatte bei einem Lebensmitteltausch bekommen hat. Oder von einem Fälscher, der mit Ausschuss verdienen wollte.«

»Ja, was denn nun?«

»Vielleicht hat Lennewegs übers Blütenmachen gelesen und wollte es selbst versuchen. Das Ergebnis ist ja so schlecht nicht. Aber dann hätte er gleich saubere Arbeit geleistet und von vornherein anderes Papier benutzt.« Alfred wies auf die gut ausgeführte Fälschung. »Wer auch immer diese Scheine herstellte, ist nicht so dumm und macht aus Jux schlechtere und bringt sie in Umlauf. Mit guter Arbeit hat der doch sehr viel länger was davon und verdient ein Vermögen.«

Goeke gähnte hinter vorgehaltener Hand.

Alfred fühlte sich stark. Im Fall Lennewegs lag der dringende Tatverdacht der Fälscherei vor. Wie dumm, dass der Mann tot war. Aber – er hatte seit Stunden einen neuen Gedanken durchgespielt – und den wollte er Dr. Goeke unterjubeln. Damit er als Ermittler sofort handeln konnte.

»Stellen Sie sich folgendes Szenario vor: Dieser Mann mit den fantastischen Blüten könnte Heinz Lennewegs gekannt haben. Schieber kennen viele Leute, die besorgen alles, was benötigt wird. Lennewegs war geschickt und verschwiegen. So habe ich ihn kennengelernt. Freundlich und hilfsbereit. Er war kein unangenehmer Mensch. Aber jeder hat auch seine dunkle Seite …«

»Sie auch?« Goeke lachte. Es klang abfällig. Und wenn man genau hinhörte, ängstlich.

»Lennewegs kann zum Beispiel die Druckplatten für den Fälscher besorgt haben … Nein, geht nicht, dann hätte er ja den Braten gerochen – sozusagen. Oder er fand zufällig bei einem seiner Kunden die Kartons mit Druckplatten, war neugierig und ließ eine unbeobachtet mitgehen … Also, zwischen Schutt und Trümmern wird er die nicht gefunden haben …«

»Warum denn nicht?«, warf Dr. Goeke ein. »Es kann doch während des Krieges Fälscherwerkstätten gegeben haben – und das hat es, davon weiß ich. Genau so ein Fund kann das sein. Lennewegs streift durch die Ruinen und findet Druckfarben, Papier und Druckplatten. Logisch und einleuchtend …«

Der Kerl hat sie ja nicht mehr alle. Am liebsten hätte er Goeke ausgelacht. »So kann es nicht gewesen sein. Während des Krieges gab es die DM noch nicht.«

»Sie passen ja richtig auf!«

»Und wenn wir«, Alfred betonte bewusst das »wir«, »das eine mit dem anderen verbinden – könnte aufgrund Ihrer These hier nicht das gesuchte Mordmotiv liegen?«

»Manchmal ziehen Sie ja interessante Schlussfolgerungen«, sagte Goeke. »Sie wollen auf einen Anfangsverdacht hinaus – nur, gegen wen? Überprüfen Sie mit Schnittger alle, mit denen Lennewegs Kontakt hatte, fragen Sie rund um die Uhr.«

Alfred nickte verblüfft. *Kann der Goeke Gedanken lesen?* Er zog einen kleinen Beutel hervor und schob vorsichtig die zwei Blüten hinein. »Für die Asservatenkammer. Damit bloß nichts verloren geht.«

»Nicht, dass Sie damit im Kaufhof selbst nachprüfen gehen.« Goeke lächelte versöhnlich. »Sie erhalten von mir jegliche Unterstützung. Sie finden den zweiten Fälscher, Sie bringen mir zügig den Mörder, und dann können Sie endlich zeigen, ob Sie wirklich den Kriminalpolizeiinspektor verdient haben. Ich werde Ihnen sogar, wenn es nötig wird, noch einen Beamten für die Ermittlungen abstellen.« Goeke stand auf.

Alfred auch.

»Übrigens – ich ersuche Sie dringend, die Anzeige von Fritz Katthöfer fallen zu lassen. Da kommt nichts bei raus. Kostet nur Zeit. Geben Sie mir die Akten zurück – die Angelegenheit wird abgeschlossen.«

»Warum? Ich habe immer noch nicht seine alte Akte, die, die vor dem Krieg angelegt wurde.«

»Und?«

»Die will ich erst einsehen, vorher wird nichts fallen gelassen.«

Goeke setzte ein mildes Lächeln auf. »Sie wissen doch, mein guter Herr Poggel, in jenen Jahren ging vieles verloren. Schon bedauerlich, da Sie sich für den Mann derartig einsetzen …«

Alfred begann, sich unwohl zu fühlen. »Warum sollte aus den ganzen Unterlagen, die ja vorhanden sind, gerade jene fehlen?«

»Sie geben wohl nie Ruhe, was? Erst das eine, dann das andere. Wünsche einen angenehmen Abend. Überprüfen Sie noch mal Ihre Frau Puff. Ich traue der Frau nicht so recht.«

Alfred wollte etwas einwenden, doch Goeke sagte knapp: »Erst den Mörder, Poggel. Dann können wir über andere Sachen reden.«

Alfred packte seine Mappen. »Schönen Tag noch, Herr Goeke.«

Als er draußen war, hörte er es im Büro des Staatsanwalts krachen. Er lachte vor sich hin. *So langsam weiß ich, wie ich dich zu nehmen habe – Goeke.*

Zufrieden radelte er nach Mintard in den Auwald. Hier floss die Ruhr über alles weg, beim Zuschauen kamen auch Alfreds Gedanken in Fluss. Er hockte sich hin, setzen ging nicht, dazu war der Boden zu feucht. Mit einem Stock kratzte er dünnen Humus weg und stocherte in den glänzenden Flusskieseln, nahm eine Handvoll davon, steckte sie ein und fuhr weiter, an den Silberweiden entlang.

9.

Die dunkelhaarige Frau trug einen flachen runden Hut schräg auf den frisch gelegten Wasserwellen. Sie verstand es, ihren Fuchs gewandt auf der linken Schulter zu drapieren, dessen rötliches Fell ihrem blassen Gesicht schmeichelte. Neben ihr ging ein ungefähr zehnjähriges Mädchen, ebenfalls dunkelhaarig. Das Haar war zu Zöpfen geflochten. Auffallend waren die Augen der beiden. Große kornblumenblaue Augen blickten prüfend umher. Beide wirkten elegant und ein wenig abweisend. Vielleicht waren sie auch nur schüchtern. In der Duisburger Straße betraten sie eine Metzgerei, die Frau kaufte mehrere Sorten Wurst und bestellte einen Rollbraten.

»Für Sonntag!«

»Sehr wohl, Frau Goeke! Und die Heidemarie? Scheibchen Fleischwurst?«

Das Mädchen knickste. »Danke!«

»Dem Herrn Gemahl? Geht's gut? Viel zu tun? Hab gehört, einen Mordfall hat er?«

»Was die Leute so reden. Ich darf nicht darüber sprechen, Frau Bernau.«

»Geheimhaltung? Na, jetzt doch nicht mehr, im Krieg, ja, da hat Ihr Mann …« Die Metzgersfrau Johanna Bernau schlug sich die Hand vor den Mund. »Ich dachte, bei uns in Mülheim passiert so was nicht. Der Herr Lennewegs. Ich kannte ihn. Die Zeitung schreibt, vergiftet? Was sagt Ihr Mann dazu?

Warum wird so einer wie Lennewegs vergiftet? Na, ich kann's mir denken …«

Frau Goeke rückte ihren Fuchs zurecht. »So. Das ist für heute alles, was bekommen Sie?«

»Achtfünfzig.«

Frau Bernau nahm den Zehnmarkschein entgegen und öffnete die Kasse mit der Kurbel. Sie schüttelte den Kopf und lachte dann laut. Zu laut. Dabei hielt sie sich mit beiden Händen an der Kasse fest. »Entschuldigung«, sagte sie, zog aus der Schürze ein Taschentuch hervor und schnupfte hinein. »Heinz Lennewegs und die Panzerschokolade!«

»Bitte das restliche Kleingeld!«, unterbrach Frau Goeke den Redefluss. Schon kräuselten sich Zornesfalten auf ihrer Stirn. Heidemarie stand stumm und blass daneben und kaute an der Wurstscheibe.

»Einsfünfzig zurück, sehr wohl, bitteschön!« Frau Bernau reichte ein in Zeitungspapier Eingewickeltes über die Theke. »Der hatte neunzehnvierzig Zugriff auf die Panzerschokolade. Mein Mann war Flieger, Sie kennen das Zeugs sicher als Fliegersalz oder Hermann-Göring-Pillen. Jedenfalls hat Herr Lennewegs während des Krieges und noch danach damit gehandelt. Dem war es egal, was aus den Leuten wurde, die das länger einnahmen. Ich weiß, wovon ich rede. Lennewegs … Und jetzt ermordet! Das könnte schon einer sein, der noch heute unter den Folgen dieses verdammten Pervitins leidet. Meinen Sie nicht auch?«

»Ich meine gar nichts.« Die Angesprochene wurde noch blasser als sie schon war. Heidemarie spuckte gekaute Wurst in die Hand, ließ den Brei auf den sauberen schwarz-weiß gefliesten Boden der Metzgerei fallen und wischte sich die Hand an ihrem Schottenkleid ab.

»Wiedersehen, Frau Bernau!«

»Auf Wiedersehen Frau Goeke, Gruß an Ihren tüchtigen Gatten.« Frau Bernau wandte sich der nächsten Kundin zu. »Was darf's sein?«

~ * ~

Mit der Straßenbahn fuhren Mutter und Tochter zurück und kamen gegen halb sieben zu Hause an.

Aus dem Esszimmer eilte ihnen freundlich lächelnd Dr. Goeke entgegen. »Da seid ihr ja! Ich habe schon auf euch gewartet.« Er nahm seine Frau behutsam in den Arm und gab ihr einen Kuss auf die Wange. Nahm ihr den Mantel ab und hängte ihn an die Garderobe.

»Immer diese unerfreulichen Gespräche mit dem Poggel. Liebes, du weißt, dieser Kriminalinspektor, der glaubt, besonders klug zu sein. Dabei hat der nicht mal eine vernünftige Ausbildung und wohnt bei Puff.«

»Das heißt *im* Puff. Und so etwas will ich nicht wissen. Außerdem hört unsere Tochter zu«, sagte Paula Goeke freundlich, aber mit einer Nachdrücklichkeit, die er durchaus wahrnahm.

»Was ist ein Puff, Mama?«, fragte Heidemarie.

»Siehst du?« Sie sah ihren Mann vorwurfsvoll an, wandte sich dann zu ihrer Tochter. »Das musst du noch nicht wissen.«

»Bei einer Frau Puff wohnt der Poggel. Wo denkst du denn hin? Und Heidemarie, von dir bekomme ich noch einen Begrüßungskuss. Spielst du uns nach dem Abendessen auf dem Klavier vor?« Er sah nicht, dass die Tochter den Kopf schüttelte und leise verschwand, in jenen kleinen Raum, in dem bis '49 noch seine Schwiegermutter gewohnt hatte.

Paula Goeke begann in der Küche zu klappern. Setzte Wasser auf. Bereitete für ihren Mann Kamillentee vor. Wegen seines Magens. Seiner Kopfschmerzen. Sie selbst und das Kind tranken Früchtetee.

»Schön«, sagte der Vater stolz. »Wenn du etwas mehr übst, Kind, bekommst du vielleicht ein Stipendium für das Konservatorium.« Wie alle Väter, die selbst nicht musikalisch waren, nahm er an, dass das Geklimper der Tochter für eine Konzertkarriere ausreichte. Goeke thronte in einem mit Blumen gemusterten Ohrensessel, in dem nur er sitzen durfte. Die Beine waren ausgestreckt. Inzwischen hatte er die Strickjacke angezogen. Braun und beige. Gemütlich sah er aus. Und entspannt. Selbst sein dunkelgraues Haar lag nicht mehr so glatt an. Nur der Mittelscheitel bildete noch eine exakte gerade Linie.

»Kann ich noch ein bisschen spielen?«

»Ja«, sagte Goeke abwesend. Heidemarie sprang vom Klavierhocker und entwischte aus dem Wohnzimmer.

»Ich will nichts mehr mit den alten Sachen zu tun haben. Und Poggel verbeißt sich in Katthöfers Anzeige. Ich hab dir davon erzählt. Die Akten sollen ruhen, der Krieg ist vorbei.«

»Dass du selbst hier von der Arbeit sprechen musst, Richard.« Paula Goeke strich sich über ihr Haar.

»Du sollst mir jetzt einmal zuhören. Schließlich kanntest gerade du den Katthöfer. War es sechs- oder siebenunddreißig? Du kanntest ihn jedenfalls schon, als wir uns kennenlernten.«

»Das weiß ich auch.«

»Reicher Pinkel. Hat dir imponiert. Kannst du doch heute zugeben …«

»Ich war kurze Zeit mit Fritz zusammen. Du sagtest damals, es mache dir nichts aus. Es war ja schon vorbei als wir uns kennenlernten. Verheimlicht habe ich es dir nie. All die

Jahre war Ruhe, und jetzt fängst du mit einem Mal wieder damit an.«

»Nein, nein. Wir wollen uns ja nicht die ersten kleinen Lieben von früher vorhalten. Womöglich noch jene aus dem Kindergarten.« Goeke lachte. Es klang verhalten. »Aber über Katthöfer möchte ich doch mit dir reden. Eben weil du ihn kanntest. Du glaubst ja nicht, was der gemacht hat.«

»Vielleicht will ich das nicht wissen.«

Goeke stutzte. »War es so schlimm mit ihm?«

Sie sah ihn bittend an.

»Gut! Vielleicht wäre es mir eine Hilfe gewesen – aber wenn du dann traurig wirst, nein, das will ich nicht.«

In Paulas Kopf zog unerbittlich das Wort von Frau Bernau vorbei. *Panzerschokolade.* Oh ja, deren Wirkung war ihr gut bekannt. Richard Goeke ging zum Fenster und sah hinaus. Unten sprang ein Nachbarsmädchen über die Vierecke der Betonplatten. Himmel und Hölle. *Himmel und Hölle,* dachte Goeke, *und mancher spielt es für sich allein …*

Er drehte sich um. »Kannst du dir vorstellen, wie blöd der Poggel ist?«

»Lass doch diesen Polizisten auch da, wo er hingehört.« Das kam so plötzlich und heftig, dass er sich wieder umdrehte.

»Wo steckt Heidemarie?«, fragte er.

»Hast du doch eben gehört. Sie hat schon Gute Nacht gesagt. Will mit ihrer Puppe noch etwas im Bett spielen. Schon wieder vergessen?« Paula Goeke seufzte. Sie wusste aus Erfahrung, es würde ein langer Abend werden.

»Poggel und Schnittger haben die Lennewegs'sche Wohnung durchsucht. Haben ja auch Interessantes mitgebracht. Und weißt du, was sie noch angeschleppt haben? Die denken wirklich an nichts anderes.«

Paula seufzte erneut.

»Einen Büstenhalter. Kannst du mir erklären, warum?«

Goekes Tonfall begann sich zu verändern. Wurde leiser, schärfer, er sprach immer schneller.

Paula sah ihn aufmerksam an und faltete die Hände. Sehr fest. Sie wusste, bald würde er seine Gedanken nicht mehr kontrollieren können. Dann kontrollierten sie ihn.

»Reizwäsche von Frau Puff. Poggel sowie Schnittger meinen, das hätte was zu sagen, weil sie diesen BH in Lennewegs' Wohnung fanden.«

»Die sind aufmerksam.« Paula Goeke musste wieder an Frau Bernau denken. *Das könnte schon einer sein, der noch heute unter den Folgen dieses verdammten Pervitin-Mittels leidet.* Aber es war nicht möglich, dieses Gespräch ihrem Mann wiederzugeben. Das ging einfach nicht. Der würde ja fragen, woher sie das Mittel kannte, und da er nicht dumm war, wüsste er bald, woher der Wind wehte. Die Konsequenz daraus mochte sie sich nicht eingestehen.

»Einen Verdächtigen habt ihr noch nicht?«

Er schüttelte den Kopf.

Es schien, als gäbe es weder für Paula noch für Richard Goeke einen Ausweg.

~ ⋆ ~

In dieser Nacht erwachte Heidemarie. Zitternd saß sie in ihrem Bett und zog sich die Bettdecke vor den Mund, damit niemand ihre Angst hörte.

In dieser Nacht schrie Dr. Goeke anhaltend, laut, sprach wirr in seinen Träumen, fiel aus dem Bett, kroch darunter, während seine Frau versuchte, ihn aufzuwecken, zu beruhigen.

Als er endlich bei Bewusstsein war, um sich sah, Paulas beschwichtigendes »Schsch« vernahm, setzte er sich vor das Bett, während der Schweiß an ihm hinunterrann. Paula erklärte ihm, ein Handtuch zu holen, und wollte das Schlafzimmer verlassen.

»Du bleibst hier«, zischte er und riss so heftig an ihrem Nachthemd, dass sie taumelte.

»Komm zu mir!« Mit verlorenem, hungrigem Blick suchte er ihren Mund, strich ihr dunkles Haar aus der Stirn, flüsterte: »Ich brauche dich …« Er drückte Paula auf den Boden, legte sich auf sie, schob seine Schlafanzughose herunter und Paulas Nachthemd herauf, versuchte, in sie einzudringen, sackte nach einem kurzen Moment der Anspannung zusammen und rollte von ihr herunter. Eine grässliche Enttäuschung und Scham standen in seinem Gesicht. Dann vergrub er sein Gesicht an ihrer Brust und weinte.

Sie nahm ihn in den Arm und hielt ihn fest. Er wischte die Tränen weg, stand auf und zog hastig die Schlafanzughose hoch. Paula lehnte sich an die Wand mit der gestreiften Tapete. Mit zittrigen Händen streichelte er ihre Wange. Paula sah ihn stumm an. Er griff nach ihrer Hand, führte seine Frau zum Bett, wartete, bis sie lag und deckte sie zu, wie ein Kind. Schon griff er nach seinen Kleidern und ging zur Tür.

»Richard, komm …«

»Ich muss raus«, sagte er. »Ich werde nur ruhig, wenn ich noch etwas herumlaufe.«

Paula hörte, wie er die Treppe hinunterging und kurz darauf die Haustür zugeschlagen wurde. Sie wusste, wohin er gehen würde. Sie akzeptierte es. Schon lange. Sie nahm vom Nachtschrank zwei der dort liegenden Schlaftabletten und ein Glas Wasser.

Heidemarie legte sich auf ihr Kopfkissen zurück und versuchte, wieder einzuschlafen. Das ging am besten, wenn sie am Daumen nuckelte. Dies war etwas, dass tröstete, denn eine Puppe durfte sie nicht mit ins Bett nehmen. Dazu sei sie schon zu alt, hatte ihr Vater, der Dr. Goeke, gesagt.

~ ⋆ ~

»Lass mich rein«, rief er und hämmerte an die Tür.

»Wer ist da?«

»Ich. Mach auf.«

»Nicht jetzt. Es ist spät. Geh«, sagte Thekla. »Sofort. Oder ich ruf die Polizei.«

Er lief die Treppe hinunter, schlug die Tür laut hinter sich zu. Wütend trat er gegen die Hauswand, raste regelrecht weiter, kam in andere Straßen, suchte eine Hausnummer, entdeckte sie endlich. Hier schellte er einmal kurz, zwei Mal lang. Goeke wurde eingelassen. Begrüßt. Umarmt. »Lass das«, knurrte er wie ein angriffslustiger Hund, warf hundert Mark auf den Tisch und folgte ihr ins Schlafzimmer.

Als er kurz vor Anbruch der Dämmerung die Wohnung verließ, blieb eine grün und blau geschlagene, wimmernde Frau zurück.

~ ⋆ ~

Fast wäre er mit ihr zusammengestoßen. Er war im Begriff, sein Büro zu verlassen.

»Herr Poggel?«, fragte die Frau, bevor er mehr sagen konnte als ein unwirsches: »Entschuldigung.«

»Ja …?«

»Haben Sie einen Moment Zeit?«

»Eigentlich nicht …«

»Es geht um diesen Mord an dem Schieber.«

»Kommen Sie rein … hier … nehmen Sie bitte Platz.«

Wird eine der üblichen »Zeugenaussagen« sein, dachte Alfred. *Man hat etwas gehört, gesehen, schon immer vermutet, und der Nachbar war es ganz bestimmt.* Innerlich stöhnte er auf. Jedes Mal kamen die Leute mit so etwas. »Ihr Name, Adresse?«

»Paula Goeke.«

Das ist die Frau vom Goeke?

»Ich weiß schon, was Sie denken. Die Frau des Staatsanwalts. Und ob er mich geschickt hat. Mein Mann weiß nichts von meinem Besuch bei Ihnen.«

»Können wir auch für uns behalten«, rutschte es Alfred heraus, und am liebsten hätte er sich die Zunge abgebissen. *Schwachsinn. Wenn sie wirklich Wichtiges zu erzählen hat, dann kann ich das nicht für mich behalten.*

»Nicht nötig«, sagte die Frau und lächelte. Es war ein sanftes, aber bestimmtes Lächeln. »Das ist kein Geheimnis. Ich hatte nur noch nicht die Gelegenheit, mit meinem Mann zu sprechen, als ich mich entschloss, zu Ihnen zu gehen.«

Alfred nickte. »Erzählen Sie.«

»Dieser Heinz Lennewegs, der in der Presse als kleiner Schieber bezeichnet wird …«

Gott sei Dank konnten wir die Falschgeldsache noch von der Presse fernhalten, dachte Alfred.

»… und dessen Vergiftung als heimtückisch und grundlos beschrieben wird, der hatte durchaus mehr auf dem Kerbholz, als es den Anschein hat. Und genau das wissen nicht wenige.«

Weiß sie doch über die Blüten Bescheid? Quatscht Goeke zu Hause? »Was meinen Sie?«

»Methylamphetamin.«

»Bitte?«

»Herr Poggel – Sie wissen, um was es sich handelt, Sie haben doch auch den Krieg mitgemacht und vermutlich ebenfalls zu den verdammten Hermann-Göring-Pillen gegriffen oder Panzerschokolade gegessen.«

»Pervitin!« Alfred nickte. »Und was hat Herr Lennewegs damit zu tun?«

»Er verschob es auch nach dem Krieg noch, teilweise in geänderter Verpackung, so dass manche Leute nicht wussten, was sie da gegen ihre Ängste einnahmen.«

»Deshalb soll jemand den Mann ermordet haben?«

»Sie wissen, warum einundvierzig das Reichsopiumgesetz geändert wurde und Pervitin nicht mehr frei gehandelt werden durfte. Man nimmt dieses Zeug niemals ungestraft. Dieses Gift macht süchtig. Viele wurden paranoid, und bei ungünstigen Stoffwechselbedingungen konnte es passieren, dass das Zeug durch den Urin nicht ausgeschieden wurde, sondern ständig im Körper zirkulierte.«

»Sie sind aber gut informiert.«

»Ich hatte mal mit einem Medizinstudium angefangen.«

Alfred fragte nicht weiter. Viele hatten während der Kriegsjahre ihr Studium aus unterschiedlichsten Gründen nicht fortgeführt. Nach ’45 hätte man neu anfangen oder weitermachen können. Aber als Frau eines Staatsanwalts …

»Gestern beim Metzger kam das Gespräch auf die Panzerschokolade. Wissen Sie, mit deren negativen Auswirkungen bin ich gut vertraut.«

Sie selbst?, überlegte Alfred. *Ihr Mann? Das würde einiges erklären.*

»Die Leute reden nicht gut über Heinz Lennewegs, und das Stichwort Pervitin wird in diesem Zusammenhang immer wieder genannt. Ich denke mal, Ihnen kann dieser Hinweis weiterhelfen. Nur deshalb bin ich hier.«

»Danke, Frau Goeke. Ich weiß das zu schätzen. Ich halte diesen Hinweis mal eben fest.« Während er im Zwei-Finger-Suchsystem das Erzählte eintippte, hielt er inne und fragte: »Noch schöner wäre aber, Sie sagten mir, wo Sie einkaufen waren.«

»Herr Poggel. Die Zeit, wo man andere anschwärzte und dies als vaterlandstreu bezeichnet wurde, die ist vorbei. Dachte ich zumindest. Sie erwarten doch wohl nicht, dass ich andere denunziere?«

»Nicht so, Frau Goeke. Ihr Hinweis ist gut – aber er hilft noch nicht recht weiter. Haben wir konkrete Hinweise, dann können wir nachfragen. Sie haben schon recht, einen Namen zu nennen, lässt sich nach solchen Jahren irgendwie auch als Anschuldigung deuten. Dass Sie das nicht wollen, ist nachvollziehbar. Da müssen wir eben selbst ein bisschen stochern und nachfragen. So viele Metzgereien gibt es ja in Mülheim nicht. Es kann sein, dass an Ihrem Hinweis etwas dran ist. Aber die Mordkommission samt meiner Person« – dabei reckte er sich ein wenig – »ermittelt derzeit in einer anderen Richtung.«

»In welcher?«, fragte Paula Goeke.

Alfred unterdrückte ein Lächeln. Ihm war die Frau sympathisch. *Und so eine Aparte hat den Goeke geheiratet? Ich kann's nicht glauben. Diese Augen, mein Gott, darin könnte ich versinken …* Jetzt begannen Alfreds Wangen zu glühen.

»Entschuldigung – ich weiß ja, Sie dürfen nichts sagen.«

»Der Mensch ist neugierig«, lachte Alfred.

Paula musste auch lachen. »Ich bin bei dem Thema empfindlich, denn ich habe all die Jahre vor fünfundvierzig immer vor Denunziation gezittert und gebangt.«

»Sie?«

»Meine Großmutter mütterlicherseits war Jüdin. Und ich bin sozusagen eine Vierteljüdin. Da hätte ich ganz schlechte Karten bei den Nationalsozialisten gehabt.«

Überrascht blickte Alfred Paula Goeke genauer an. »Und Ihr Mann …«

»Der wusste das. Schon 1939, also vor unserer Heirat. Er hat mich die ganze Zeit über geschützt. Es gab ein paar wenige, die davon wussten. Die versuchten, daraus Kapital zu schlagen, und sei es nur für die eigene Karriere. Aber Richard hielt immer zu mir und ging nicht nur durch die Heirat Risiken ein. Das werde ich ihm nie vergessen. Deshalb gibt es auch keine Geheimnisse zwischen uns. Sie können ihm also ruhig von meinem Besuch erzählen. Ich tue es sowieso, wenn er heute Abend vom Dienst kommt.«

Neben der Zerrgestalt dieses Staatsanwalts, die Alfred in seinem Bewusstsein trug, leuchtete plötzlich eine andere auf. Schwach, durchscheinend, das Gegenbild desjenigen, den er zu kennen geglaubt hatte. Er konnte dieses Bild nicht deuten und einordnen. Ehe er weiter darüber nachdenken konnte, klopfte es, und die Tür wurde geöffnet.

»Herr Poggel?«

»Einen Moment, Herr Katthöfer, ich bin gleich für Sie da.«

Paula Goeke wollte sich zur Tür drehen, den Störer ansehen, aber beim Klang der Stimme zuckte sie zurück und sah angestrengt in die Gegenrichtung, zum Fenster, um auch ihr Profil nicht zu zeigen. Alfred bemerkte davon nichts. Seine Blase drückte. Deshalb wollte er das Gespräch schnell beenden.

»Jedenfalls danke ich Ihnen, Frau Goeke. Ihren Hinweis nehme ich ernst, er ist wichtig.« Schnell zog er das kurze Gesprächsprotokoll aus der Schreibmaschine, trennte Original vom Kohlepapier und den zwei Durchschlägen. Unterschreiben Sie eben hier rechts unten.« Er wies mit dem Zeigefinger auf eine gestrichelte Linie. »Datum ergänze ich noch. Sie sehen ja, der Nächste wartet schon.«

Paula Goeke stand auf. »Vielen Dank für Ihre Zeit.«

Schnell schaute sie sich verstohlen nach einem zweiten Ausgang um. Aber dieses Büro verfügte nur über einen. Alfred brachte Paula zur Tür.

»Ich habe heute keinen Termin bei Ihrem Gatten. Wahrscheinlich werden Sie ihm erzählen, dass Sie bei mir waren. Wenn er doch etwas muffig reagiert, es hat dann nur mit mir zu tun. Wir sind derzeit nicht immer einer Meinung.«

Paula unterdrückte ein: »Ich weiß.«

»Auf Wiedersehen, Herr Poggel.«

»Auf Wiedersehen, Frau Goeke.« *Ich könnte sie stundenlang ansehen …*

Während der überaus höflichen Verabschiedung und eines längeren als sonst üblichen Händedrucks hatte Alfred schon die Tür geöffnet. Katthöfer hatte an der Wand daneben gewartet und wandte sich in diesem Augenblick den beiden zu. Katthöfers verblüfften Gesichtsausdruck sah Alfred nicht, weil er sich schnell wegdrehte und über den langen Flur zur Toilette hastete. Deshalb hörte er auch nicht, wie Katthöfer »Paula« rief. Und noch einmal: »Warte doch!« Ohne sich umzudrehen, ging Paula Goeke schnell zum Ausgang.

10.

Die Tür zur Metzgerei stand offen. Es war so angenehme Luft draußen. »Ich mach gleich Pause, Raimund. Mir tun die Füße weh. Alles geschwollen. Mach du mit Fräulein Kowalksky so lange weiter, bis Irmchen aus der Berufsschule kommt. Die Bestellungen liegen im Kühlraum, wie immer.«

Raimund Bernau kam in den Verkaufsraum, sah auf die Auslage hinter dem Tresen. »Ich schneid denn mal vom Schinken auf.« Die Türglocke klingelte. Anna Puff betrat das Geschäft. In dem Moment war ein Summen am Himmel zu hören, es wurde immer lauter. Raimund Bernau blickte hoch, ging an Anna vorbei, er sah sie gar nicht. Er ging durch die offene Tür. Schweiß brach ihm aus. Minutenlang stand er regungslos da. Als er wieder in den Laden kam, sahen Frau Bernau, Fräulein Kowalsky und Anna Puff, wie er zitterte. Am ganzen Körper. Selbst die Kopfhaut bewegte sich. Es war für alle sichtbar, denn er hatte keine Haare mehr. Er ging direkt auf die geflieste Wand zu, presste sich dagegen und hielt die Hände wie schutzsuchend über den Kopf. »Das war's für heute, ich kann nicht mehr. Hol mir die Tabletten, bitte …«

Frau Bernau warf einen begütigenden Blick auf ihre Kundin, der signalisierte »Nicht wegrennen, ich regele es schon«. Zu ihrem Mann sagte sie: »Nein Raimund, du hast es mir versprochen. Sonst kommst du nie davon runter. Und eben – das war ein ganz normales Flugzeug! Der Krieg ist doch lange zu Ende. Raimund? Raimund, hörst du mich?«

Der Mann klebte an der Wand.

»Komm, die Erinnerungen sind gleich wieder vorbei«, murmelte Frau Bernau und wischte sich die Hände an der weißen Schürze ab. »Fräulein Kowalsky, schneiden Sie bitte Schinken auf!« Dann wandte sie sich an Anna. »Frau Puff? Was darf's denn heute sein?«

Anna hüstelte. »Ich kann später wiederkommen. Wenn Sie sich um Ihren Mann kümmern müssen …«

»Der wird schon wieder. Gleich kommen ja auch andere Kunden. Also?«

»Ich glaube, jetzt möchte ich nichts«, sagte Anna und blickte verstört auf den Mann in der Ecke, an den Fliesen.

Endlich löste er sich davon. Sein Gesicht war schweißüberströmt. Er griff zu dem Messer, das auf einem großen Holzbrett lag, an dem Frau Bernau vor einer halben Stunde noch Koteletts geschnitten hatte. Er hielt es hoch, ging damit durch den engen Durchgang zwischen Tresen und Verkaufsraum, stellte sich damit vor Anna hin, während sein Blick leer und unbestimmt durch sie hindurchging. Ging wieder zurück und begann, den Schinken zu schneiden. Aber er schnitt ganz unprofessionell, die Scheiben wurden dick und ungleichmäßig. Seine Frau kam, nahm ihm das Messer aus der Hand und führte ihn in den Nebenraum, in dem mit Zellophan abgedeckte Wurstplatten für das Firmenjubiläum eines Prokuristen bei Wissoll zum Abholen bereitstanden. Frau Bernau kam zur Verkaufstheke zurück. Ihr Gesicht war vor Wut zu einer Maske erstarrt.

»Nun ist er endlich tot, dieses Miststück, dieses üble Schwein. Nun ist dieser Bischek, der unsere Ängste, unsere gnadenlose Furcht vor dem Tod, vor Schmerzen und Untergang ausnutzte, abgekratzt. Er kam als der große Helfer und gab uns seine hübschen Tabletten. Ich habe sie ja nur ein, zwei

Mal genommen. Aber Raimund, der nahm mehr, brauchte dann nicht mehr schlafen, konnte durchhalten, nahm drei, dann vier … Und dann kommt selbst heute diese Scheißangst wieder hoch, wenn ein Flugzeug vorüberfliegt, und diese Träume, diese Schlaflosigkeit … Wissen Sie, wie das ist? Wissen Sie es? Ihr Heinz, der schlief ruhig in Ihrem Bett und lachte sich eins. Sie haben so etwas geduldet …«

In Annas Gesicht breitete sich große Verlegenheit aus. »Aber ich habe doch gar nichts gewusst …«

Frau Bernau lachte kalt. »Nicht gewusst? Wer's glaubt … Wie gut, endlich ist er tot, ermordet, sagt man, großartig, ganz großartig! Hoffentlich hat er gelitten.« Die letzten Worte stieß sie laut hervor, und Vorübergehende blieben vor der immer noch offenen Türe stehen.

Anna stand starr.

Fräulein Kowalsky tat, als bekäme sie von alldem nichts mit. Sie schnitt Schinken. Der wurde ja gleich wieder gebraucht, zu fünfundsiebzig oder gar einhunderfünfundzwanzig Gramm.

Metzger Bernau kam aus dem Nebenzimmer und ging wieder zur Tür, sehr blass war er. Seine Frau setzte sich in Bewegung. »Komm Raimund, es ist so schön draußen, zieh dich um, wir gehen ein bisschen an die Ruhr. Heute Nachmittag ist nicht viel Betrieb, und Frau Puff möchte im Augenblick auch nichts kaufen.«

Die Berührung durch seine Frau brachte den Mann wieder zurück in die Realität, er blickte auf Anna, auf seine Frau. Sein Blick war leer und unendlich traurig. Anna ging zum Ausgang und quetschte sich an dem Metzgerehepaar vorbei.

»Ja, Frau Puff, die Zeiten, die Zeiten.« Herr Bernau begann zu lachen. Sein Blick veränderte sich wieder, Hass zeigte sich in seinen Augen. Das Lachen klang komisch, er stieß es regelrecht hervor. »Ich muss schon sagen, wenn Sie wüssten, wem Ihr Freund alles *geholfen* hat, es sind so viele, so viele …«

»Komm Raimund!« Frau Bernau sah Anna eindringlich an. Sie musste jetzt reden, obwohl sie sonst nie über ihre Kunden sprach. »Nun, selbst die Frau Goeke, selbst die …. Ach dummes Zeug, was plappere ich daher.« Frau Bernau klappte den Mund zu.

»Gift«, lachte Herr Bernau, »Gift. Der Lennewegs. Wunderbar.«

»Und Sie, Frau Puff, Sie gehen jetzt besser. Und kommen Sie nicht wieder. So einer verkaufen wir nichts mehr.«

»Auf Wiedersehen«, sagte Anna. Draußen starrte sie lange in die Luft und fühlte sich unendlich gedemütigt.

~ * ~

Auf dem Weg nach Hause war Paula Goekes Gesicht blass und verschlossen. Zu dem Kommissar war sie ohne Hut gegangen, denn sie mochte es, wenn lauer Maiwind durchs Haar strich und in die duftige Seide ihres Kleides wehte. Manchmal hörte sie dann den Seidenschrei, wenn der Wind etwas fester durch den Stoff fuhr, dann vernahm Paula dieses typische Knirschen, das eigentlich an Schritte in frisch gefallenem Schnee erinnerte. Das war herrlich paradox, und am liebsten wäre sie mit geschlossenen Augen weitergegangen, aber auch so sah sie die Erinnerungen deutlich vor sich. Sie kamen wie meist, wenn ihr Mann unter seinen Albträumen litt und er nachts zu irgendeiner Frau flüchtete. Jetzt aber kam das Gespräch mit Frau Bernau dazu und – die sekundenlange Begegnung mit Fritz Katthöfer.

Nun sind wir alle wieder zusammen.

So fühlte es sich an. Ihr wildes buntes Leben in jenen Jahren zwischen 1926 und 1936. Wenn jemand die aparte Frau heute kennenlernte, würde niemand eine bewegte Vergangenheit bei ihr vermuten. Vielleicht – wenn ein Mann länger in ihre intensiv blauen Augen sehen würde. Dann. Vielleicht. Dann würde ein sensibler Mann noch etwas von der Unrast und der wilden Lebenslust, hinter der in Wirklichkeit eine Lebensangst stand, entdecken.

Da war die vermögende Familie. Die frühen Reisen nach dem Abitur! Mit dem Vater nach Ceylon, ihre eigene Weiterreise über Malaysia gen Australien. Als schöne junge Frau, die auch noch genügend Geld hatte, fiel es ihr leicht, Kontakte zu knüpfen, gerade so, wie sie diese benötigte.

Der Tod des geliebten Vaters war ein Schock. Sie hatte nach Abbruch ihres Studiums in seinem Geschäft mitgearbeitet, zwischendurch daran gedacht, es später einmal zu übernehmen – ihr Bruder wollte ja nicht. Aber Mutter sagte, das ginge nicht mehr. Zu spät. Denn '35 war ja schon deutlich zu sehen, wie die Nazis mit all jenen umgingen, die Juden waren oder jüdische Linien in der Familie hatten. Paula als Vierteljüdin wäre da nicht verschont geblieben, ihre Mutter als Halbjüdin erst recht nicht. Dass Mutter alles verkaufte – damals gegen Paulas Protest – und das Erbe vorzeitig auf die Geschwister aufteilte, selbst nach England zog, wo es noch Freunde gab, hatte ihr sicher das Leben gerettet. Und Paulas vermutlich auch.

Nachdenken wollte Paula nicht, aber die Angst, die sich ihrer bemächtigte, jagte sie, und auf jedem Fest der Kunststudenten, zu denen sie auch eine Zeitlang gehört hatte, auf jedem Fest der Künstler und derer, die es sein wollten, sah man Paula. So hübsch. Glitzernd und wild. Ihre Unnahbarkeit, über der stets trotz aller Liebhaber der verführerische Reiz von Unschuld lag, machte auch den jungen Fritz Katthöfer auf sie aufmerksam. Paula besaß Klasse. Intelligenz. Und Geld.

Und jetzt läuft alles wieder zusammen …

Paula Goeke brauchte eine Pause, sie konnte noch nicht nach Hause gehen. Das Schild von Café Sander geriet in ihren Blick. Sie straffte den Rücken, übersah bewundernde Blicke, ging hinein und fand einen Tisch für sich allein.

Heiße Schokolade. Und bei jedem Schluck dachte sie an die wilde Affäre mit Fritz Katthöfer. Neunzehnhundertsiebenunddreißig. Und daran, dass sie in dieser Zeit auch Heinz Lennewegs kennenlernte. Eher nebenbei. Eine Freundin machte sie auf ihn aufmerksam. Eine Freundin, die um Paulas Ängste wusste. »Der Lennewegs hat dagegen ein Mittel. Pervitin-Pillen. Die helfen. Die nehmen so viele. Nur kommst du da so nicht dran.« Paula erinnerte sich gut, wie sie bei der Nennung des Medikamenten-Namens zusammengezuckt war. *Klingt irgendwie pervers, da kriege ich ja noch mehr Angst …*

Aber Pervitin machte das Leben so leicht, die Nächte so kurz, wer brauchte denn Schlaf? Niemand außer der Freundin und Heinz Lennewegs wusste, dass auch sie dieses Aufputschmittel nahm.

Mit dem Katthöfer Kunst erleben – ja, zeigen konnte er. Und vieles mehr.

Was war ich verliebt, wollte ihn heiraten und dann … Dann erwischte ich ihn mit einer anderen. Ich glaube, genau dies war meine Rettung. Nie hätte ich sonst Richard kennengelernt … Der mich immer noch liebt. Es reicht, wenn einer in einer Beziehung das tut. Pfui, schalt sie sich bei diesem Gedanken, *er hat mich in jenen Jahren beschützt, wusste um mein Problem, es machte ihm nichts aus. Das vergesse ich ihm nie. Wie er auf den Knien vor mir gelegen und gesagt hat, egal, das interessiert mich nicht, ich helfe dir, ich schütze dich. Heirate mich. Ich hab es getan, weil ich sofort wusste, alles ist besser als Pervitin. Und so schlecht sah er ja nicht aus, damals. Wenn er nur nicht jene dunkle Seite hätte … Und weil er mich wirklich liebt, und diese Seite bei mir nicht zeigen will, deshalb geht er zu den anderen, den Huren, nur deshalb lässt er mich in Ruhe. Ginge es mir besser, wenn man mir das nie zugetragen hätte? Hätte, hätte.*

Aber es ist kaum noch auszuhalten. Immer wieder hat Richard seine Albträume und geht danach los, wie ein Werwolf bei Vollmond … Und dann schürt die Bernau ausgerechnet die Erinnerung an dieses verfluchte Pervitin. Wollen Sie es genau wissen, gute Frau? Ich habe lange genug unter den Nachwirkungen gelitten und weiß, dass viele weiter darunter leiden. Insofern, gute Frau, könnte es schon sein, dass der Heinz von einem Süchtigen getötet wurde. Ich kann's mir vorstellen. Sogar von ihrem Mann. Aber ich will mir nicht vorstellen, dass Richard heute Abend wieder vom Fritz erzählt. Ich will nichts davon wissen, nichts darüber, was ihn zum Fall macht. Ich will es nicht. Der Name Katthöfer darf in unserer Wohnung nicht mehr fallen. Nachher fragt noch unsere Heidemarie danach. Richard soll den Mord an Lennewegs aufklären lassen. Schnell. Damit auch dieser Name nie mehr bei uns genannt wird. Auch deshalb bin ich zum Poggel gegangen. Der wirkt recht verständig und nicht dumm. Nicht so, wie Richard von ihm erzählt. Was hat er nur gegen den?

Paula hatte ihren Kakao ausgetrunken. Sie blickte nachdenklich durchs Fenster. Zuckte heftig zusammen, denn auf der anderen Straßenseite ging Frau Bernau vorbei und führte dabei ihren Mann wie ein kleines Kind.

Als sie die gemeinsame Wohnung betrat, spielte ihre Tochter mit den Puppen. Ansonsten war es angenehm still. Und alle Namen, die nicht hierher gehörten, schienen sich verflüchtigt zu haben.

~ ⋆ ~

Anna trat wütend in die Pedale. So etwas war ihr noch nicht passiert. Diese Beschimpfung der Bernau ging zu weit. Heinz soll mit Drogen gehandelt haben, mit diesen Scheiß Göringpillen? Und sie selbst, Anna Puff, ehrenwerte Witwe und Zimmervermieterin, sie soll auch noch Anteil daran gehabt haben? Und dann will dieses Metzgersweib nicht mehr an sie verkaufen?

Anna hielt an und japste. Nicht nur durchs Fahrradfahren bekam sie plötzlich Atemnot.

»Geht's?«, fragte ein Vorübergehender. »Kann ich Ihnen helfen?«

Anna konnte nichts sagen, machte nur eine ungeduldige Handbewegung, die den freundlichen Mitmenschen zum Weitergehen aufforderte, der kopfschüttelnd davonging.

Dieses Miststück. Da werde ich sowieso nicht mehr hingehen. Von alleine nicht. Und wenn die sich nicht entschuldigt schon dreimal nicht. Das lass ich mir nicht bieten. Darüber werde ich mal mit dem Herrn Poggel sprechen. Die zeige ich an, wegen übler Nachrede oder so.

»Jawohl!«

»Wie bitte? Meinen Sie mich?«

Anna hatte das letzte Wort laut ausgesprochen. Wieder war jemand stehen geblieben, weil er sich angesprochen wähnte. Doch auch diesen Passanten schickte Anna mit einer knappen Kopfbewegung weiter.

Überhaupt! Wenn einer Grund hat, den Heinz zu ermorden, dann doch diese beiden. Der Metzger und seine Frau. Besonders letztere. Was für einen Hass die in den Augen hatte. Muss Herr Poggel mal zu hören und zu sehen bekommen. Der muss da nachforschen. Am besten gleich verhaften.

Anna stieg wieder auf ihr Rad und fuhr los. Jetzt hatte sie Luft und auch ein Ziel.

11.

Anna Puff stellte sich vor Heinz' gerahmtes Foto in ihrem Schlafzimmer. »Sag, ob das wahr ist, was die Bernausche mir an den Kopp geworfen hat. Sag es – ich werde dich trotzdem nicht verraten.« Anna hielt den Kopf schief. Lauschte. »Weißte nix drauf? Da biste mal wieder stumm, wie immer, wenn was unangenehm für dich wird. Morgen ist endlich deine Beerdigung, guckste von oben zu? Ja, sag mir wenigstens, was ich mit deinen Sachen in der Thusneldastraße machen soll. Die Wohnung wird wieder vermietet, dies elende Loch, da kannste doch nicht ›Wohnung‹ zu sagen. Und übrigens, ich hätte zu gern gewusst, wer dir in Essen die Ohren fast abgedreht hat. Was hast du da gemacht? In Essen! Im Schrebergarten mit so einer Ische. Regina Sowieso. Ich komm da noch hinter, verlass dich drauf … Ach Heinz, 'n Treuen warst du nicht, aber was soll man sagen. Am besten nix. Und? Was mach ich jetzt mit deinen Plünnen? Ich brauche die nicht. Und von Wert ist ja man nun nichts dabei. Soll Vatta Tönsmeise die Sachen mitnehmen, kennste noch, den Lumpensammler? Also. Nick mal!«

Heftig zuckte Anna zusammen. Es hatte geklopft. Zwei Mal. »Heinz?«, flüsterte sie erschrocken. »Kannste wirklich Zeichen geben? Also, alles an Willibald Tönsmeise …?«

»Frau Puff, Hallo?«

Diese gut klingende, sonore Stimme kam nicht aus dem Jenseits, die kam aus dem Flur. *Der Kommissar geht um … Hat er zugehört?*

»Augenblickchen, komme sofort!«

Anna strich über das kühle Glas, hinter dem Heinz Lennewegs stets sein Lächeln zeigte.

»Ja, Herr Poggel?«

»Ist was? Sie sind ein bisschen blass um die Nase. Haben Sie einen Moment Zeit?«

»Gehen Sie schon mal in die Küche.«

»Zur Beerdigung morgen komme ich. Vierzehn Uhr sagten Sie?«

Anna nickte.

»Seine Wohnung ist freigegeben. Was wollen Sie mit den Sachen machen?«

»Hat Heinz mir gesagt.«

»Wie?«

»Versteht so einer wie Sie nicht. Ist auch egal. Dat Zeuch taugt ja nix, ich gebs Vatta Tönsmeise, den kennen Se vielleicht, den schiefen Willibald. Aber wär schon fein, wenn mir jemand dabei helfen würde. Alles kostet. Sie haben doch auch noch mit Ihrem Kollegen dreihundert Mark in Heinz' Wohnung gefunden? Behalten Sie die oder was? Ich mein, der Heinz hat ja keine Erben, zumindest keine, die sich irgendwo auftreiben lassen, also, die kann ich gut für den Sarg, Blümkes und ein Kistchen Dortmunder gebrauchen. Das trank er am liebsten.«

»Holen Sie sich das Geld in den nächsten Tagen ab.«

»Können Se es nicht mitbringen?«

»Geht nicht, Unterschrift, Empfangsbestätigung und so …«, sagte Alfred.

»Was wollnse mir fürs Fahrrad zahlen? Ich meine, für nix hätte der Heinz …«

Alfred zog seine Brieftasche hervor. »Fünfzig?«

»Sechzig.«

Er legte einen Fünfer dazu.

»Fünfundfünfzig – keinen Groschen mehr.«

»Na gut, weil Sie es sind.« Anna nahm das Geld schnell weg.

»Ich muss Ihnen was erzählen, Herr Poggel … Aber erst will ich Sie zum Reuessen einladen. Ich werde es in meiner Wohnung machen, im Gasthaus wird's zu teuer. Schnittchen mit Käse und Plockwurst bereite ich vor, Streuselkuchen hole ich vom Bäcker, ist schon bestellt. Also, die Plockwurst kostet über vierachtzig das Kilo beim Metzger Bernau. Und von denen muss ich Ihnen Schlimmes erzählen …«

»Stopp«, unterbrach Alfred spontan. »Sie haben viel Arbeit gehabt, und da möchte ich doch was dazutun. Ich habe noch zwei Dosen amerikanische Trockenvollmilch und eine Flasche Wermuth. Die hole ich Ihnen eben.« Alfred war schnell zurück und stellte die Sachen auf den Tisch.

»Nun erzählen Sie von der Metzgerei«, bat er seine Vermieterin.

Anna berichtete mit Empörung in der Stimme über die Szene in dem Geschäft. »Dass der Mann krank ist, tut mir ja leid. Aber dass beide den Heinz derart beschuldigen, dieses Zeugs, Pervidings …«

»Pervitin?«, hakte Alfred nach.

»Sach ich doch. Heinz soll es verkauft haben. Kenn ich als Fliegerschokolade. Aber einem Toten, dazu einem Ermordeten, Schlechtes nachsagen, ist die Höhe! Und mich in einem Aufwasch mit beschimpfen. Kann ich die Bernaus anzeigen wegen übler Nachrede und Beleidigung?«

»Ganz ruhig!« Alfred zog einen Block aus seinem Jackett. »Sagen Sie mir, was man genau zu Ihnen gesagt hat. Denn morgen ist die Erinnerung schon wieder eine andere, jetzt ist sie frisch …«

Anna stand auf. Ballte die Hände zu Fäusten. Der Rock ihres braungeblümten Kleides schwang beim Gehen fröhlich mit. Alfred beobachtete sie. Wartete. Guckte. Fand Annas Beine – jedenfalls, das, was er sah, außerordentlich wohlgeformt. Heute trug sie helle Strümpfe mit Naht. *Wie die Frauen das immer hinkriegen, mit so was auch noch Fahrrad zu fahren,* grübelte er.

Anna setzte sich wieder. Konzentrierte sich und berichtete weiter. Alfred stenografierte. Anders hätte er die vielen Stichworte nicht so schnell mitschreiben können. Außerdem dachte er an Paula Goeke. Sie hatte während ihres Besuches in seinem Büro auch über Pervitin gesprochen. Ja. Vorstellen konnte er sich schon, dass ein Betroffener sich an Heinz gerächt hatte. *Aber wie? Der müsste ihn ganz gut gekannt haben. Und wie konnte er ihm Rattengift einflößen? Mach mal den Mund auf, ich will mit dir abrechnen? Das ja wohl nicht.* Alfred überlegte weiter, winkte ab, als er merkte, dass Anna etwas sagen wollte, ihm kam etwas ins Gehirn, und da musste es still sein, damit er den Gedanken packen konnte. *Bei einem Umtrunk mit der Metzgersgattin? Im Obduktionsbericht steht ja auch, der Tote habe vorher Hochprozentiges zu sich genommen. Es wäre möglich.*

»Welche Straße?«, fragte Alfred.

Anna nannte sie.

Er schrieb.

»Und dann sach ich Ihnen, der Heinz hat mit so was nie zu tun gehabt.«

»Na ja, dass er ein Fälscher war, haben Sie ja auch nicht gedacht. Liebe Frau Puff, man täuscht sich oft in Menschen. Besonders in jenen, die einem nahestehen.«

Komisch fand er, dass er jetzt an Thekla denken musste. An ihre Kunden, die er ja zum Teil eben auch kannte. Und Dr. Goeke. *Bei so einer Frau wie Paula!* Ein sehnsüchtiges Leuchten trat in seine Augen. Er sah zur Küchenuhr an der Wand. Nach fünf. »Wie lange haben die Geschäfte auf?«

»Bis halb sieben. Und nein, Herr Poggel, wenn Sie jetzt zu den Bernaus wollen«, sagte sie hellsichtig, »lassen Sie sich keine Lügen über meinen Heinz erzählen ...«

Es klingelte an der Korridortür.

Anna eilte durch den langen Flur und öffnete.

Alfred hörte ihr erstauntes »Ja, bitte? Sag ich Ihnen gleich, ich habe kein Zimmer zu vermieten. Ist alles belegt.«

Er hörte ein kurzes Auflachen, das etwas arrogant klang, vernahm die Worte »Rechnung, Schuhe, Unfall«, wollte weghören, da durchzuckte es ihn. Denn die Stimme, die kannte er.

»Kommen Sie bitte mit durch«, sagte Anna in einem ungemein höflichen Ton und klarem Hochdeutsch.

Schon kam Anna mit ihrem Besucher herein.

Die Männer starrten einander an.

Anna stellte vor: »Mein Mieter, der Herr Poggel, Kommissar, und Ihren Namen – ich habe ihn eben nicht genau verstanden?«

Der Mann lächelte, verströmte einen teuren Duft, nahm seinen Hut ab, streckte die Hand aus und sagte zu Alfred: »Katthöfer. Fritz Katthöfer. Immer noch. Herr Poggel, dass ich Sie ausgerechnet hier treffe ...«

Alfred versuchte, sein Erstaunen zu verbergen: »Waren wir verabredet?«

»Nein. Aber es ist ein glücklicher Umstand. Die Frau Puff ...« Und er erzählte Alfred von jenem Fastzusammenstoß.

Anna sah beunruhigt aus, sagte leise etwas, und Katthöfer neigte seinen Kopf. »Können Sie deutlicher sprechen, ich höre schlecht …«

Sie wandte ihren Blick gequält nach oben. »Herr Poggel, ich habe diesen Herrn weder angefahren noch seine Schuhe vermackelt«, sagte sie so laut, dass beide Männer zurückzuckten.

~ ⋆ ~

Nach dem ersten Tiefschlaf wachte Alfred abrupt auf, fuhr in seinem Bett hoch, versuchte, etwas zu erkennen, sah aber nur die Bilder seines Traumes, die in ihm weiterwirkten und die Realität überlagerten. Er sah sich hilflos am Boden, und über ihn neigten sich Gesichter, die immer näher kamen, größer wurden, ihn beäugten, mit Würsten warfen, aus denen Tabletten mit Gesichtern sprangen. »Hilfe! Nein!«, schrie er und erschrak, weil er seine eigene Stimme hörte.

»Ruhe, Herr Poggel!«

Er fuchtelte mit den Armen.

»Werden Se mal wach, Sie ramentern ja alles zusammen.«

»Frau Puff?« Alfred schüttelte sich und sprang aus dem Bett. Sein Haar stand wirr ab. »Was machen Sie …« *Oh Gott, doch wohl nicht?,* ging es ihm durch den Kopf.

»Herr Poggel! Sie haben rumgebölkt!«

»Der Schlachter Bernau erschien mir im Traum. Entschuldigen Sie bitte.«

»Ziehn Se sich was über und kommen Sie mit in die Küche. Ich schmier schon die Brote für nache Beerdigung. Tasse heiße Milch mit Honig? Davon können Sie prima wieder einschlafen.«

Als er in den Raum schlurfte, rührte Anna schon mit einem Holzstab im Milchtopf. Ihr Bademantel hing lose. Darunter trug sie ein weißes Nachthemd mit einem viereckigen Ausschnitt, der an den Kanten mit Spitze eingefasst war. Der schmiegsame, leicht transparente Stoff zeigte wie ein Weichzeichner ihren Busen und den Bauch, und Alfred hätte Anna in diesem Moment am liebsten gestreichelt. Die geringelten Socken an ihren Füßen fand er fröhlich.

Auf dem Kühlschrank standen zwei große Teller mit belegten Broten. Die Küchenuhr tickte, ihr Ticken erschien ihm lauter als am Tage. Es war 2.15 Uhr. Anna hatte die Deckenbeleuchtung angemacht, das Licht warf harte Schatten. »Geht's wieder? Ich mach mal weiter.« Anna holte eine Packung Sanella aus dem Kühlschrank. »Dieser Herr Katthöfer ist vielleicht ein Kniepekopp, nie hab ich den angefahren. Und ja, vielen Dank, dass Sie sich eingemischt haben. Wollte der wirklich zwanzig Mark von mir. Welch Zufall, Sie zwei kennen sich …«

»Aber bis der Fall aufgeklärt ist, sollten Sie keine Fremden in Ihre Wohnung lassen, nicht mal in die Küche oder in den Flur, sprechen Sie draußen mit den Leuten. Es gibt immer wieder Trittbrettfahrer.«

»Mir tut keiner was. Ich pass schon auf, ich habe einen Blick für Menschen. Ja, aber wie dieser Herr wieder abzogen ist. Ohne mein Geld. Was meinte er damit, als er Sie fragte: Sie denken an die Akte?«

»Das vergessen Sie jetzt einfach. Das war beruflich.«

»Meinen Sie, das reicht?« Anna wies auf zehn weitere Scheiben Graubrot und Weißbrot. »Der Belag kommt morgen erst drauf.«

»So viele werden doch nicht kommen?«, fragte Alfred und bekam einen gierigen Blick.

»Weiß man's?«

Alfred traute sich nicht zu fragen, ob er eine Scheibe Brot, vielleicht mit Leberwurst, bekäme. »Ich hab noch etwas vergessen.« Er eilte in sein Zimmer und kam mit einer Spitztüte aus braunem Papier zurück. »Hier. Gehört Ihnen ja. Ist wieder freigegeben.« Sein breites Grinsen war nicht zu übersehen.

Anna blickte hinein. »Wurde auch Zeit. So viele besitze ich nicht. Dieser BH ist ein amerikanisches Modell, hat der Heinz … Ach, davon verstehen Sie nichts.«

~ * ~

Der Pastor wirkte, als habe er es eilig. Sein Segen für Heinz Lennewegs Seele kam so spröde und hastig daher, als wäre er sicher, dass diese Seele nicht den himmlischen Frieden erreichen würde. Außerdem regnete es, ein frischer Wind fegte über den Broicher Friedhof, und jene, die Heinz das letzte Geleit gaben, froren in ihren dünnen Mänteln und Jacken. Die Hausbewohner waren gekommen, zwei von Annas Freundinnen, Alfred stand neben Dr. Goeke, der ihm zuraunte, er käme selbstverständlich nicht zum Kaffeetrinken mit, aber da um den Fall ja so viel Aufhebens gemacht würde, er noch ungeklärt sei, wollte er im Namen der Mülheimer Staatsanwaltschaft dabei sein. »Herr Poggel, verfolgen Sie eine Spur? Und was macht der Fritz Katthöfer da vorne?«

»Ich kann es Ihnen nicht sagen.«

Alfred staunte, dass drei Männer aus der Mülheimer Unterwelt mit ernsten Mienen ihre Handvoll Erde auf Heinz' Sarg warfen.

Anna rechnete durch, wie viele zum Reuessen mitkommen würden. Sie drehte sich verstohlen um. Ihre Augen weiteten sich. *Heinz!* Rechts hinter ihr standen zwei junge Frauen, etwas zu auffällig geschminkt. *Heinz, warum tust du mir das an! Die eine kenn ich doch, ist das nicht Edith Müller?*

Würdevoll hielt Anna die Hand ausgestreckt – für die Kondolenzbezeugungen. Fast fühlte sie sich wie Heinz' Witwe.

~ ⋆ ~

Sie drängten sich in Annas Wohnzimmer, im Flur, in der Küche und besetzten das Bad. Annas Freundinnen verteilten Brote und Kuchen, während sie ständig Kaffee kochte. Es wurde gelacht. Alfred hatte ihr gesagt: »Fremden erzählen Sie bitte nicht, wer ich bin – wenn es nötig wird, stelle ich mich ganz offiziell vor.« Er half Anna, schenkte kalten Klaren aus und für die Damen Edelkirsch und glibbrigen Eierlikör. Die auffälligen jungen Frauen unterhielten sich leise in der Küche. Lächelten erfreut, als Alfred mit einem Tablett, auf dem Gläser mit süßem Likör standen, zu ihnen kam. »Danke, nein, keinen Alkohol!«

»Wie kommen die Schönen aus der ›Veilchenaue‹ hierher?«

»Nun. Der Heinz …«

»… war Kunde in diesem Haus?«, fragte er.

Kalinka, im bürgerlichen Leben Edith Müller, unterdrückte ein Lachen. Sie hatte müde Augen und ihr Haar war filzig, spröde und verfärbt. »Wenn nur solche wie er kämen. Heinz war ein Netter. Und Sie? Amtlich hier?«

»Psst«, machte Alfred, »muss nicht jeder sofort wissen.«

»Also amtlich … Wäre gut, wenn so einer wie Sie bei der Sitte wäre … Ihre Kollegen sind ja so streng, die haben tatsächlich die erste Vorstellung von der ›Sünderin‹ bewacht, damit bloß kein Jugendlicher da reingeht. Aber bei uns machen die … «

»Sonst ist alles gut?« Alfred wollte das Gespräch nicht weiter vertiefen. Er spürte Anna Puffs Blicke im Rücken. Und wenn allein das Wort »Sitte« zu laut ausgesprochen würde … Schließlich wollte er sein Zimmer behalten – die Wohnungsnot war groß.

»Wenn wir schon über Freier sprechen«, sagte mit gedämpfter Stimme die andere, die von Edith Müller Bella genannt wurde, »auf der Beerdigung war dieser Staatsanwalt, und der ist ein Schrecken. Was der sich traut! Macht den hochnäsigen Max, kriegt keinen hoch, aber er prügelt. Letzte Woche hat er Dora die Nase gebrochen. Da müssten die vom Sittendezernat mal durchgreifen. Uns Registrierte jagen sie zum Gesundheitsamt, dazu die polizeilichen Kontrollen … Dieser Staatsanwalt geht auch zu den heimlichen Dirnen, die ja kaum jemand kennt – aber er. Dass der das machen kann. Wir müssen die Fresse halten. Wir haben ja noch Glück, Edith und ich, wir arbeiten ohne Zuhälter. Noch. Wie Ihre …« Sie hielt inne, weil Alfred sie anblitzte, sprach dann aber weiter, als wenn nichts gewesen wäre.

»Aber wir wollen ja raus aus dem Milieu, wissen schon, warum wir sparen und was auf der Kante liegen haben wollen … Sie müssen nicht bei uns stehen bleiben, Herr Poggel, find ich aber nett von Ihnen«, sagte Bella, »Sie sind nicht jemand, der wegen unsereiner die Nase rümpft. Wenn Sie mal was von einer freien Wohnung hören, ein oder zwei Zimmerchen, sagen Sie uns Bescheid? Kann auch außerhalb von Mülheim sein.«

Alfred nickte und beobachtete, wie die Gäste zu ihnen herübersahen und tuschelten. Besonders Annas Freundinnen guckten böse. »Zuletzt habe ich Heinz im neu erbauten Stadtcafé gesehen«, sagte Kalinka.

Anna eilte in die Küche. »Herr Poggel? Können Sie mir helfen? Im Bad kotzt einer und andere müssen auf die Toilette. Ich muss bei dem Gestank an Heinz' letzte Stunde denken. Und Sie beide haben ihn auch gekannt?«

»Es tut uns leid. Ihr Freund war 'n Netten ... wenn auch zuletzt mit falschen Scheinen. Hätter doch die Finger von lassen sollen ... Wir haben Ärger gehabt.«

»Bitte, seien Sie leise. Es wäre mir lieber, wenn Sie meine Wohnung verlassen würden. Auf Wiedersehen, ich habe zu tun.«

»Augenblick, Frau Puff, ein paar Minuten können Frau Müller und Frau Gutknecht sicher noch bleiben!«, mischte sich Alfred ein. Anna sah ihn empört an. Er trat ihr auf die linke Schuhspitze und zischte: »Ganz ruhig!« Dann stellte er sich zwischen Küche und Flur und zog seine Marke hervor. »Kripo Mülheim, ich bin Leiter der Mordkommission. Mein Name ist Alfred Poggel. Wir gehen inzwischen davon aus, dass Herr Lennewegs eher kein Zufallsopfer war. Aus der Bevölkerung bekamen wir etliche Hinweise, die wir zum Teil noch bearbeiten.« Alfred machte eine Pause. *So gut wie keine Hinweise haben wir, aber es geht niemanden etwas an.* Alfred ging zur Korridortür. Auf dem Weg dahin pressten sich die Leute gegen die Wand und versuchten, eine Berührung mit ihm zu vermeiden, als hätte er etwas Ansteckendes an sich. »Ich bitte alle Anwesenden, die Heinz Lennewegs gekannt und mit ihm Geschäfte gemacht haben, mir ihre Adressen zu geben. Mit Ihren Aussagen können Sie uns sehr helfen.« Marke, Ton und Haltung wirkten.

Zu Kalinka und Bella sagte er: »Ich weiß ja, wo ich Sie erreichen kann, aber wenn ich Sie jetzt gehen lasse, wird's schwierig. Überlegen Sie bitte, in welchem Café Sie den Heinz zuletzt gesehen haben? Tag? Uhrzeit? Möglichst genau!«

Edith Müller, alias Kalinka, nickte. »Wir wollen keine Männer zum täglichen Leben. Wir sind allein durch den Krieg gekommen und jetzt … Männer können uns besuchen – nun ja. Wussten Sie, dass noch achtundvierzig jede sechste Ehe in die Binsen ging? Sind Sie verheiratet?«

»Sind doch alles Schweine«, tuschelte Bella, die nach Amerika wollte, der Freundin zu.

Alfred stöhnte innerlich. *Frauen – können die nicht mal bei der Sache bleiben?*

»Liebe Frau Müller, bitte. Was ist mit dem Café, in dem Sie den Lennewegs zuletzt gesehen haben? Mit wem?«

»Vielleicht hab ich mich geirrt«, sagte Edith Müller und kniff die Lippen zusammen.

Sie will nichts sagen. Zumindest hier nicht. Vielleicht hat sie jemanden erkannt, der das nicht hören soll. Nun gut, ich vergesse das nicht und suche sie später mal auf.

»Sie können gehen!« Alfred öffnete ihnen die Tür.

Anna besprach sich kurz mit Alfred und stellte sich danach in Positur. Sie rief die weiteren Gäste mit wichtiger Miene auf.

Alfred schrieb. Als er fertig war, bedankte er sich für das doch einigermaßen kooperative Verhalten – trotz der hervorgerufenen Aufregung. Zehn Personen würden morgen und übermorgen zur Protokollaufnahme in die Von-Bock-Straße kommen. *Dann wissen wir, wen wir aussortieren können.* Da ihm die Sache mit dem Staatsanwalt durch den Kopf ging, der anderswo Frauen misshandelte, fragte er sich, ob er den

Herrn Dr. Goeke deshalb verdächtigen dürfe. Auf jeden Fall hatte er heute in aller Frühe mit Kriminalpolizeiobermeister Albershausen gesprochen, ihn gebeten, ins Archiv zu gehen. Der aber hatte sich beschwert, er müsse alles zuordnen und zusammenfassen, während Alfred zur Beerdigung gehen und es sich gut gehen lassen könne. Statt selbst ins Archiv zu gehen, hatte er die Idee, Kriminalpolizeimeisterin Stankowski runterzuschicken. Frauen schnüffeln doch gern, hatte er gemeint.

»Die soll nicht eher hochkommen, bis sie Katthöfers Akte gefunden hat.« Denn erst dann konnte Alfred über dessen Anzeige erneut mit dem Staatsanwalt sprechen.

~ * ~

Alfred betrachtete sinnend die Auslage der Metzgerei Bernau und wartete, bis die letzte Kundin den Laden verließ. Er fragte nach den Inhabern.

»Die Hälfte davon steht vor Ihnen«, sagte Johanna Bernau. »Sie wünschen?«

Alfred nannte seinen Namen und Dienstrang. Sagte, er habe einen interessanten Hinweis bekommen, dass Heinz Lennewegs neben anderen Dingen auch Pervitin verkauft haben soll – »Auch an Sie. Stimmt das so? Ich muss derartigen Andeutungen nachgehen.«

»Wer sagt so etwas?« Frau Bernau drehte sich zur Seite. »Fräulein Kowalsky, bedienen Sie weiter!«

»Ist Ihr Gatte anwesend?«

Frau Bernau zögerte. »Dem geht's nicht besonders.«

»Aber sprechen kann ich ihn?«

Die Frau zuckte zusammen. »Ja, Herr Polizeioberrat!«

»Noch Kriminalpolizeiinspektor. Nur der Ordnung halber. Also, haben Sie einen Raum, in dem wir plaudern können?«

»Nur den Kühlraum und so.«

»Gehen wir in ›und so‹. Sagen Sie Ihrem Gatten Bescheid.«

Erst kam es zögernd und stockend. Von ihr und von ihm. Doch dann ballten sich die Vorwürfe gegen den toten Heinz.

Beharrlich hakte Alfred nach. Inzwischen redete nur noch Frau Bernau. Raimund Bernau saß auf seinem Stuhl und hatte den Blick teilnahmslos auf den Boden gerichtet. Sein Atem ging schwer.

»Frau Puff will von nichts gewusst haben!«, sagte die Frau.

»Sprechen Sie von Anna Puff?«

»Von wem sonst. Die ist durchtrieben, die hat mit dem Lennewegs selbst im Bett paktiert. Pfui Deubel!«

»Bitte, keine Anschuldigungen. Sie vermuten höchstens.«

»Reicht doch«, kam es pampig zurück. »Und jetzt hetzt uns die Schlampe auch noch die Polizei auf den Hals. Jedenfalls haben etliche Piloten dieses Mittel genommen, um ihre Bombenflüge aushalten zu können. Eben auch mein Mann.«

»Kennen Sie Namen von Betroffenen, die in einem direkten Zusammenhang mit Herrn Lennewegs stehen?«

»Drömmeln Sie sich keine Verschwurbelungen ab. Der Lennewegs hat das Zeug meinem Mann verkauft, und zwar so lange, bis er nicht mehr davon runterkam. Das reicht doch fürs Erste?«

Johanna Bernau blickte Alfred an, und er sah glühende Wut in ihren Augen.

»Bis morgen überlegen Sie, was Ihnen noch dazu einfällt! Elf Uhr im Präsidium. Wiedersehen.«

~ * ~

Kollege Albershausen war gegangen. Er hatte Frühdienst gehabt. Im Büro fand Alfred noch Jürgen Schnittger und Rosemarie Stankowski vor. Katthöfers Akte hatte die Kollegin nicht im Archiv gefunden.

»Suchen Sie morgen weiter!«, beschied ihr Alfred knapp. »Und jetzt eine gemeinsame Überstunde in Sachen Lennewegs.« Er ging zu der großen Wandtafel und las die Namen und deren Verbindungen zu Heinz. »Gute Arbeit. Aber es kommen noch einige Tretminen dazu.« Er schrieb Johanna Bernau, Raimund Bernau dazu und machte einen Pfeil zur Mitte. Da saß wie eine fette Spinne der Name Lennewegs. Er ergänzte die Tafel auch um die Namen der Frauen aus der »Veilchenaue«. »Und ab morgen …« Er erklärte, was es mit den Besuchern auf sich haben würde.

Sie diskutierten über das Metzgerehepaar. Kam einer von beiden in Betracht?

»Glaube ich eher nicht«, sagte Rosemarie Stankowski. »So, wie sich das anhört, ganz bestimmt nicht der Mann. Der scheint verzweifelt – und ein verzweifelter Metzger vergiftet nicht. Der denkt an Fleisch und das Zerlegen von Schweinen. Wenn, dann hätte er seine Rache mit dem Beil erledigt – wenn der Lennewegs passend greifbar gewesen wäre. War er aber nicht.«

»Den können wir ausschließen«, ergänzte Jürgen Schnittger.

Alfred dachte nach, beobachtete die Kollegin, fand es immer noch eigenartig, dass eine so gut aussehende Frau Polizistin geworden war. Und sehr viel mehr erreichen wollte. Sie war so ganz anders als die Frauen, die er kannte … »Und – wie ist Ihre Meinung zur Metzgerin?«

»Vorstellbar«, sagten beide. »Aber warum sollte Lennewegs mit der Frau was getrunken haben?«, fragte Schnittger.

»Trotzdem«, sagte Alfred, »den Namen einkreisen!«

Sie verteilten die weiteren Aufgaben. Alfred erinnerte sich an Edith Müller, die Heinz in einem Cafe gesehen haben und dann doch nichts sagen wollte. »Der rücke ich morgen Nachmittag noch mal auf den Pelz«, knurrte er. Ihm lag der Staatsanwalt im Magen, und eher vorsichtig, beinahe flüsternd brachte er seine Gedanken dazu vor. Immer wieder schaute er zur Tür – es war nicht unmöglich, dass Dr. Goeke noch in seinem Büro saß und nach konkreten Ergebnissen fragen würde.

»Leute, die schlagen, vergiften nicht«, warf Rosemarie ein.

»Woher haben Sie denn diese Weisheit?«

»Wir müssen doch jetzt nicht über mein Studium sprechen, Herr Poggel? Sie wissen doch: Mein Hauptfach war Psychologie, ehe ich umgesattelt habe.«

Ja, und Sie sind eine besonders Kluge …, dachte er und dieser Gedanke klang eifersüchtig.

Als sie gehen wollten, sahen sie noch einmal auf die Tafel, schufen hier eine Verbindungslinie und dort ebenfalls. Eingekreist waren der Name Johanna Bernau sowie die Initialen A.G. und A.P.

»Meine Vermieterin kommt nicht in Frage. Das ist eher absurd«, sagte Alfred und strich die Verbindungslinie zweimal durch. »Wir haben keinen Beweis und auch keinen Ansatzpunkt für ein Motiv. Sie ist in keiner Akte erfasst, nie aufgefallen, weder vor noch nach dem Krieg. Sie hat auch keine Vorteile aus seinem Tod – nur Nachteile. Außerdem dürfen wir die Sache mit den Blüten nur wegen des Pervitins nicht aus den Augen verlieren. Wer Blüten herstellt, bewegt sich in einem recht speziellen Umfeld. Auch Lennewegs muss Lieferanten gehabt haben. Ob er die womöglich beschissen hat?«

»Möglich. Aber meinen Sie nicht auch, dass bei allen, die wir hier stehen haben und mit denen wir ab morgen das

Vergnügen haben werden, ohne Vorankündigung nach Giften, insbesondere nach dem E605, gesucht werden müsste?« Rosemarie Stankowski sah besonders Alfred fordernd an.

Verdammt, das ist meine Idee, dachte dieser ärgerlich. Schnittger nickte bestätigend und blickte die Kollegin beinahe bewundernd an.

»Bei Frau Puff und auch bei Heinz Lennewegs habe ich dergleichen nicht gefunden. Nur Unkrautvertilger, sicher auch giftig, aber es fanden sich keinerlei Hinweise auf Rattengift in den Kellern der Hausbewohner und auch nicht in der Thusneldastraße, wo Lennewegs wohnte. Dennoch«, mit Mühe deutete er eine Verbeugung gegenüber der Kollegin an, »Sie sprachen einen wichtigen Gedanken aus. Ich meine, Sie sollten die von mir notierten Adressen schnell in die Schreibmaschine tippen, drei Durchschläge bitte – und die Person, die bei jedem von uns auf dem Nachhauseweg liegt, wird noch heute besucht. Auch von Ihnen, Herr Schnittger!«

»Dann nehme ich den Dienstwagen.«

»Nein. Sie gehen zu Fuß oder benutzen das Rad.«

Mit hochgezogenen Augenbrauen tippte Rosemarie die Daten ein, riss die Blätter aus der Walze und knallte sie Alfred hin. »Das Original bleibt hier, Durchschläge an uns. Oder? Außerdem nehme ich die BMW. Traut sich ja sonst keiner drauf.« Ihr rotes Haar leuchtete.

Die Tür wurde geöffnet. Auf der Schwelle stand Dr. Goeke, er wirkte betrunken.

»Poggel!« Der Staatsanwalt stützte sich am Türrahmen ab. »Geben Se mal den Stand der Dinge wieder. Jetzt!«

»Keine Zeit«, sagte Alfred und nahm seine Tasche. »Wir haben noch einige Zeugenbefragungen vor uns.«

»Das können Sie immer noch machen, Poggel, wenn ich …«

»Morgen, Herr Staatsanwalt. Heute geht's wirklich nicht mehr.«

Alfred griff zum Mantel. Die anderen hatten sich schnell ins Nebenzimmer verdrückt. Er hörte, wie dort die Tür ging. Die waren in Sicherheit.

»Was erlauben Sie sich. Poggel!«

»Ich mache meine Arbeit, Goeke. Und bitte … lassen Sie mich durch … danke. Morgen bekommen Sie von mir einen ausführlichen Bericht. Schönen Abend noch.«

Alfred eilte zur Treppe und ließ einen irritierten und ärgerlichen Staatsanwalt zurück.

12.

Als Alfred endlich die Von-Bock-Straße hinunterging, kreisten seine Gedanken noch um Dr. Goekes Auftritt. Erst ein lauter Ruf holte ihn auf den Boden der Tatsachen zurück.

»Kaaaaartoffeln«, hallte es aus einer Seitenstraße, dem Muhrenkamp, und er hörte das Klappern von Pferdehufen auf dem Pflaster.

»Bohnen heute günstich«, war die Stimme wieder zu hören. Der alte Stalleiken war also immer noch unterwegs. Alfred wollte schon weitergehen, als ihm plötzlich eine Idee kam. Er steuerte auf die Gemüsekutsche zu. Wenn jemand wusste, wer mit wem in Mülheim etwas laufen hatte, dann vielleicht Werner Stalleiken. Der alte Gemüsehändler hatte zwar seinen kleinen Laden in der Stallung an der Kettwiger Straße oben auf dem Kirchenhügel, aber den führte seine Tochter Christel. Werner selbst war tagaus, tagein mit seiner Gemüsekutsche unterwegs und kannte in Mülheim wirklich jeden.

Alfred erreichte die Kutsche, doch ein junger Kerl mit Pickelgesicht war ihm zuvorgekommen.

»Fünf Pfund Mehlige bitte«, murmelte er und schaute nach einem kurzen Blick auf Alfred zu Boden. »Na, gibbet lecker Reibekuchen?«, fragte Stalleiken. Der Schlacks schüttelte den Kopf und nuschelte »Kartoffelsalat«. »Na, dann nimmse besser die festen«, sagte der Gemüsehändler. Er wickelte das Geschäft ab und reichte dem Pickelgesicht die braune Papiertüte.

»Warte ma, Matzka«, meinte er und griff nach hinten in die Apfelkiste. »Hier hasse 'n schönen Appel für deine Puss.« Der junge Mann sagte ein undeutliches »Danke« und machte sich nach einem kurzen Blick auf Alfred von dannen.

»Is verliebt, der Matzka«, lachte Stalleiken. »Und wat darf's für Sie sein? Bohnen sind heute im Angebot.«

»Ich habe nur ein paar Fragen, Herr Stalleiken. Sie kommen doch viel in Mülheim rum. Da kennen Sie sicher den Metzger Bernau.«

»Den Bernau? Klar kenn ich den. Dä hat früher die besten Mölmschen Mehlpiepen gemacht. Dä und dä Diederichs vonne Heimaterde.« Stalleiken legte den Kopf etwas schief und begutachtete Alfred von oben bis unten. »Sie sind doch vonne Polizei, oder?«

Alfred nickte. Er kannte den Gemüsehändler vom Sehen, allerdings waren ihm seine drei ältesten Enkel vertrauter. Die waren stadtbekannte Rabauken und schon öfter unfreiwillig im Polizeipräsidium zu Gast gewesen, weil sie entweder jemanden belästigt oder bei irgendwelchen krummen Geschäften Schmiere gestanden hatten. Und dann kam stets ihre Mutter und holte sie wieder ab. Der Alte durfte nichts davon wissen. »Dat bringt den Vatter um«, lamentierte sie jedes Mal.

»Mitte Polizei red ich erst nache Arbeit«, sagte Stalleiken kurz und bündig. »Kannz ja heute Abend inne ›Mausefalle‹ vorbeikucken. Da bin ich ganz privat.« Er schnalzte, und gemächlich setzten sich seine beiden Pferde in Bewegung.

Alfred folgte dem Muhrenkamp vorbei an der Schule und ging Richtung Kaiserstraße. An der Ecke befand sich das Geschäft eines Musikalienhändlers, Musikhaus Lux. Der Schlacks mit den Kartoffeln stand vor dem Schaufenster und starrte wie gebannt auf die Jazzplatten in der Auslage.

»Hörst du gern Jazz?«, frage Alfred und stellte sich neben ihn.

»Sie sind von der Polizei?«, kam die Gegenfrage. Poggel nickte und wiederholte seine Frage: »Hörst du gern Jazz?«

»Wieso? Ist das verboten?«, fragte der Schlacks provokant.

»Nicht aufmüpfig werden, Freundchen«, meinte Alfred, etwas lauter werdend. »Wie heißt du eigentlich?«

»Klaus«, erwiderte der Schlacks, »aber alle nennen mich Matzka.«

»Hast du auch schon mal Probleme mit den Stalleikens gehabt? Die schikanieren ja alle hier.« Alfred schaute weiter scheinbar interessiert in die Auslage. Die Platte »Mona Lisa« von Nat King Cole war ihm aufgefallen – musste in Amerika gerade ein ganz großer Hit sein. Er kannte das Lied aus dem Radio. Einen Plattenspieler besaß er leider nicht.

»Da wo ich bin, finden mich die Stalleikens nicht«, trotzte Matzka.

»Und wo ist das?«, wollte Alfred wissen, aber der junge Mann schwieg. Poggel versuchte einen Schuss ins Blaue. »Bist wohl einer von den Paddlern, was?«

Matzka errötete leicht und sagte nichts. Volltreffer, dachte Alfred und musste sich ein Grinsen verkneifen.

»Ihr kriegt doch eine Menge mit, wenn ihr so unterwegs seid. Habt ihr mal was von Heinz Lennewegs gehört?«

»Das ist doch der, der umgebracht wurde. Der hat einmal die Puss angequatscht. Wollte mit ihr was trinken. Aber die lässt sich nicht von jedem einladen, die Puss.«

»Deine Freundin?«, fragte Alfred und die Gesichtsfarbe des jungen Mannes enthob ihn einer Antwort. »Dann pass mal weiter so gut auf deine Freundin auf. Wiedersehen, Matzka.«

»Wiedersehen, Herr Kommissar«, sagte Matzka.

»Kriminalpolizeiinspektor«, verbesserte ihn Alfred.

»Auch egal«, murmelte der Schlacks und schlurfte mit seiner Kartoffeltüte davon.

~ ⋆ ~

»Also, Herr Stalleiken, Sie kennen den Metzger Bernau«, konstatierte Alfred und stellte sein Berg-Pils auf den Tisch. Die »Mausefalle« war eines der alten Fachwerkhäuser am Fuße der Petrikirche und zählte zu den ältesten Gaststätten der Umgebung. Alfred hatte schnell den Tisch ausgemacht, an dem es sich der Gemüsehändler mit seinem Pfeifchen gemütlich gemacht hatte. Der Rauch von Pfeifen und Zigarren stand zum Schneiden dick im Raum.

Werner Stalleiken schaute von seinem Herrengedeck auf und blinzelte. »Der olle Knaster brennt inne Augen, sach ich dir.« Er zog genussvoll an seiner Pfeife und blies den Rauch in kleinen Ringen Richtung Decke.

Alfred setzte sich und wartete. Der Alte genoss es sichtlich, ihn auf die Folter zu spannen. Aber Poggel hatte Zeit. Er nippte an seinem Bier und überlegte, ob er etwas essen sollte.

»Dem geht's richtig schlecht, dem Herrn Bernau«, sagte Alfred und schaute sehnsüchtig zum Nachbartisch. Dort saß ein kleiner Kerl und futterte gebratene Blutwurst, Mölmsche Mehlpiepe.

»Die hat dä Bernau bestimmt nicht mehr gemacht«, meinte Stalleiken und wies mit dem Kopf zum Teller auf dem Nachbartisch. »Dä hat zu viele von den Pillekes geschluckt, die se ihm bei de Luftwaffe gegeben haben. Dä Bernau war nämlich Pilot.«

Alfred nickte. »Aber nach dem Krieg? Wer hat ihm das Zeug denn nach dem Krieg besorgt? Das gibt's ja nicht an jeder Ecke, dieses Pervitin.«

»Hömma, Herr Wachtmeister, kurz nachn Kriech hammse alle gesacht, man kricht nix, man kricht nix. Abber ma ährlich. Wenne die richtigen Leute gekannt hass, hasse allet gekricht. Musstes nur dat nötige Kleingeld hinblättern.«

Alfred orderte zwei Pils und prostete Stalleiken zu. »Ich heiße Alfred.« Sie ließen die Gläser aneinanderklingen.

»Neenee, du heißt Wachtmeister. Einfach nur Wachtmeister.« Der Gemüsehändler lachte und ließ wieder seine Rauchkringel aufsteigen.

»Der Bernau bekam Pervitin von Heinz Lennewegs. Sagt zumindest seine Frau«, sprach Alfred in sein Bier.

»Die olle Bernau? Die nähm ich nicht mal mit Kätteplüsch«, plapperte Stalleiken und präzisierte auf Alfreds fragenden Blick, »die nähm ich nicht mal mit Löwenzahn. Aber möglich ist dat schon. Dat mit dem Heinz. Der hat immer so kleine krumme Dinger gedreht. Nix Großes. War aber ein netter Kerl. Is schad drum, ährlich.«

Der Blutwurstesser zahlte und verschwand, Alfreds Appetit nicht. Er beugte sich zum alten Stalleiken vor und fragte leise: »Vielleicht hat die Frau Bernau den Heinz vergiftet? Aus Rache. Wenn man sich den Mann so anschaut. Der ist doch ein Wrack.«

Vor Lachen verschluckte sich Stalleiken am Rauch seiner Pfeife und hustete äußerst unappetitlich. »Die olle Bernau? Im Leben nich.«

Auch Alfreds Einwand, Heinz Lennewegs habe doch das Pervitin besorgt, und deshalb sei er auch schuld an Bernaus Zustand, ließ Werner Stalleiken nicht gelten.

»Dä Heinz war 'n kleiner Fisch. Dä hat immer wat am Laufen gehabt, aber an die großen Sachen ist dä nich rangekommen. Da kannte dä nich die richtigen Leute für.«

Umständlich holte der Gemüsehändler aus und breitete seine halbe Lebensgeschichte vor Alfred aus. Im Ersten Weltkrieg war Werner verwundet worden und hatte seitdem einen Granatsplitter im Rücken. Das hatte ihn vor dem Fronteinsatz im Zweiten Weltkrieg bewahrt. Im Krieg war es mit dem Geschäft schwierig geworden.

»Ich habe nix Verbotenes gemacht, nee, dat nich. Ich war immer so inne Grauzone, wenne verstehs, Wachtmeister.«

Und nach dem Krieg hatte er vor allem von seinen Kontakten profitiert. Und deshalb hatte er sein Geschäft noch.

»In den kalten Wintern nachm Kriech war et dir schitt-egal, woher dein Futter kam, Hauptsache, du hattes wat zu beißen. Für wat zu essen hasse auch schon mal mit dem Teufel Geschäfte gemacht, dat sach ich dir. Aber dat is heute schon ganz anders.«

»Was soll das heißen?«, fragte Alfred und winkte der Bedienung.

»Heute gibbet den Teufel immer noch, aber man muss keine Geschäfte mehr mit ihm machen. Trotzdem isset gut, wenne den Teufel kennz«, sagte Stalleiken und zwinkerte Alfred zu.

Poggel widmete sich seinem Pils und überlegte. Vielleicht war der kleine Fisch Heinz einem größeren in die Quere gekommen. Die Kleinen fielen eher auf. Trotzdem wollte er das Ehepaar Bernau nicht vorschnell vom Haken lassen.

»Un gezz is Schicht am Schacht«, sagte Stalleiken, nachdem er seine Pfeife in den Ascher ausgeklopft hatte. »Ich muss morgen früh raus.« Auf weitere Fragen kam nur ein:

»Morgen ist auch noch ein Tag.« Also machte sich auch Alfred auf den Heimweg.

~ ⋆ ~

Abgesehen von einem Traum, in dem neben dem Ehepaar Bernau auch Anna Puff als Fisch im schmutzigen Ruhrwasser umherschwamm, wachte Alfred erholt auf. Sein erster Weg führte ihn noch einmal zum alten Stalleiken.

»Loot'sche nee stüare«, rief ihm ein mondgesichtiger alter Mann entgegen, der in Unterhemd und Hosenträgern über einem Kissen hing, das im Fenster lag. Morgens um halb neun.

»Kumm man röver, ick dunn chään kalle«, kam es von der gegenüberliegenden Straßenseite, während Alfred den Laden von Stalleiken suchte. Das alte Mölmsche Platt hörte man immer weniger, was Alfred nicht bedauerte. Wenn er sich nicht genau konzentrierte, verstand er davon kein Wort.

»Ich suche …«, begann er, aber da öffnete sich auch schon das große Tor und Christel Stalleiken lugte auf die Straße.

»Dou büss ni va Mölm«, rief das Mondgesicht, »dou büss ni va Mölm.«

»Lass gut sein, Onkel Günther«, meinte Christel Stalleiken, aber der Alte gab keine Ruhe: »Dou büss ni va Mölm, dou büss ni va Mölm.« Er verfiel in einen monotonen Singsang, bis eine Stimme ihn mit einem scharfen »Günther!« zur Ruhe brachte.

Der Gemüsehändler nickte Poggel zur Begrüßung kurz zu und öffnete das große zweiflügelige Tor. »Der Günther ist nich mehr ganz richtich im Kopp. Seit April fünfundvierzig. Da ist er nicht mehr rechtzeitig innen Bunker gekommen.«

»Ich habe noch ein bis zwei Fragen«, sagte Alfred, und Werner Stalleiken grinste. »Noch bin ich privat, Wachtmeister. Aber wenn ich die Kutsche raushol …«

»Du hast doch gestern gesagt, der Heinz ist nur ein kleiner Zwischenhändler fürs Pervitin gewesen. Wer machte denn die richtig großen Geschäfte damit?«

»Den dicken Reibach mit Pervitin? Keiner, Wachtmeister, keiner. Damit kannze heute keine Geschäfte mehr machen. Kurz nachm Kriech, da hat sich mancher gesundgestoßen mit dem Sauzeuch. Aber glaub mir, Wachtmeister, die Zeiten sind vorbei.«

Der Gemüsehändler nickte knapp zum Abschied, führte seine Pferde aus dem Tor, und kurze Zeit darauf hörte Alfred wieder den Ruf »Kaaaaartoffeln« über die Straße schallen.

»Dou büss ni va Mölm«, kam es von der anderen Straßenseite. Alfred winkte ab und ging.

13.

Paula hatte den Hörer des Tischfernsprechers längst aufgelegt. Es war schon ein Privileg, ein Telefon zu haben. Das gab es noch längst nicht in allen Haushalten. Richard hatte sogar ihrem Sonderwunsch nachgegeben – Paula wollte nicht so einen Apparat, wie er im Büro hatte. Dieses schwarze Ungetüm. Sie bestand auf die weiße Ausführung des W48.

Wie viele Wohnungen in Mülheim hatten ein Telefon? Natürlich wusste Paula es nicht, aber es gab doch einige Familien, mit denen sie ab und zu telefonierte. *Was hat Richard erzählt? Auf hundert Einwohner kommen fünf Anschlüsse. Mülheim hat hundertfünfzigtausend Einwohner, also müssten siebentausendfünfhundert Anschlüsse vorhanden sein. Doch so viele?* Paula war erstaunt. *Hätte Richard ein Telefonbuch mitgebracht, könnte ich nachsehen, wer eins besitzt, und alle Bekannten anrufen. Vielleicht auch andere, die ich nicht kenne, einfach so. Ich lerne viel zu wenig neue Leute kennen.*

Die Erinnerung an das Telefonat, das sie soeben mit Richard geführt hatte, ließ sich nicht länger verdrängten. Er war betrunken gewesen, schon am Tage. *So geht es nicht weiter. Dazu seine immer häufigeren nächtlichen Ausflüge. Ich ahne ja, was er treibt, aber es geht nicht mehr. Ich kann die alten Geschichten nicht länger verdrängen.*

Sie hatte versucht, am Telefon mit ihm darüber zu sprechen. Doch es war wie immer gewesen. Zunächst.

»Was soll ich?«, hatte Richard sie gefragt.

»Dir helfen lassen. Das alles muss endlich aufhören, du reitest dich noch ins Unglück mit deinen nächtlichen Besuchen bei den Prostituierten, guck nicht so, ich weiß, wo du hingehst. Und wer weiß, was du da treibst. Aber ich ahne es ...«

»Was soll das? Was ich mache, geht niemanden was an.«

»Oh doch, mein Lieber. Uns! Und die Frauen.«

»Was soll das heißen? Behandle ich dich und unsere Tochter nicht immer gut? Habe ich euch jemals etwas getan?« Seine Stimme wurde weinerlich und schleppend, fast lallend.

»Nun. Zu Hause benimmst du dich normal, aber ...«

»Kein aber!« Richard Goeke hatte sich wieder gefangen und seine Stimme klang jetzt fest und sehr bestimmt. »Darauf kommt es an. Fordere nicht etwas für andere, wenn es dir gut geht.«

»Richard ...«

»Schluss! Darüber diskutiere ich nicht mehr. Mir braucht niemand zu helfen. Das kann ich selbst. Ich – als Staatsanwalt. Ich lasse mir doch nicht von so einem Seelendoktor im Kopf rumfummeln.«

Danach hatten beide geschwiegen, so lange, bis Paula jenes elende Geräusch des hastigen Schluckens aus der Flasche hörte.

»Diesmal werde ich nicht mehr still sein, Richard«, wehrte sich Paula. Er machte Einwände, aber sie unterbrach ihn. »Jetzt hörst du mir zu.« Sie sprach wie zu einem kleinen Jungen. Sanft, aber eindringlich.

»So kann es nicht mehr weitergehen. Und das weißt du auch, selbst wenn du etwas anderes sagst. Du willst, dass alles in unserer Familie so bleibt? Mit dir und Heidemarie ... und mir?«

»Natürlich. Warum denn nicht.«

»Dann musst du dir helfen lassen. Ich will es so und werde keine Ausflüchte von dir akzeptieren.«

»Was fällt dir ...«, brauste Goeke auf.

»Pscht!«, unterbrach ihn Paula erneut. »Du wirst! Wenn du uns liebst, dann machst du das jetzt. Sonst werden wir gehen, Heidemarie und ich.«

Danach schwiegen sie wieder. Paula stellte sich vor, wie er blass wurde, ein wenig schwankte, sich langsam wieder hinsetzte. Das Kind Richard hatte schon verstanden, was sie gesagt hatte. Nur der andere in ihm, der Staatsanwalt, der unheimliche Goeke, der nachts durch die Straßen zog, der konnte sich nicht äußern, dieser Teil von ihm war zum Schweigen verdammt. Aber der große Junge Richard, den sie ... vielleicht noch liebte? Paula wusste es nicht. Wen liebte sie, den Jungen, den Mann, beide, oder jenen aufgebrachten Staatsanwalt, der am anderen Ende in seinem Büro stand und wahrscheinlich den Hörer gegen sein Ohr presste? *Vielleicht hat er verstanden. Vielleicht begreift er, dass er sehr schnell etwas tun muss, um unsere Ehe zu retten. Und sich.*

»Denk darüber nach, entscheide dich richtig. Für uns.«

Sie hatte aufgelegt, ohne seine Antwort abzuwarten. Paulas Kopf war leer gewesen. Es war alles gesagt. Nun musste sie sich auf den Alltag konzentrieren. Was sollte sie zuerst tun? Sie sah auf die Uhr. Heidemarie von der Schule abholen? Eigentlich ging ihre Tochter längst den Weg allein und brauchte nun wirklich nicht mehr abgeholt zu werden. Aber schon hatte sie sich den Mantel übergeworfen. Hinter ihr schlug die Wohnungstür zu.

~ ⋆ ~

Seine Hände durchlief ein leichtes Beben, das zu einem auffälligen Zittern wurde. Damit es aufhörte, goss er sich noch einmal Cognac in die Kaffeetasse, schraubte die fast leere Flasche wieder zu und stellte sie auf den gewohnten Platz, hinter die Aktenordner in seinem Schreibtischschrank. Setzte sich und schaute mit trunkenem Blick und trunkenen Gedanken aus dem Fenster. Zwischendurch grinste er, die Oberlippe zog sich hoch und legte seine Zähne frei, blitzschnell presste er den Mund zusammen und bog die Mundwinkel nach unten. Wut, Enttäuschung und Selbstmitleid verbarg er dahinter.

So ist das also. Paula will mich verlassen. Und Heidemarie mitnehmen. Wenn ich mir nicht helfen lasse … Wieder allein, wie damals. Aber es wird dann doch nur schlimmer! Weiß sie das denn nicht? Tränen standen in seinen Augen.

»Helfen lassen?«, sagte er laut. »In einer Irrenanstalt? Ich, als der Staatsanwalt von Mülheim? Nie! Niemals!« Er atmete heftig und versuchte, seiner Erregung Herr zu werden.

Damals, bevor ich sie heiratete, da war es ja kaum auszuhalten. Es ist ja noch mehr passiert. Viel mehr. Es ist nie aufgefallen, nie rausgekommen. Das waren ja auch andere Zeiten – damals. Nur wenn ich Paula nicht gefunden hätte, was wäre dann passiert? Diese Beruhigung, die sie in mein Leben gebracht hat – nie hätte ich es für möglich gehalten. Und jetzt geht alles wieder von vorne los.

Wütend griff Goeke zur Tasse und kippte den Cognac herunter. *Immer schlimmer wird es, seitdem Poggel mit der Katthöfergeschichte nervt. Unglaublich. Und der lässt nicht locker. Poggel, ja, der ist an allem schuld. Dieser Wichtigtuer sorgt noch dafür, dass meine Familie auseinanderbricht. Verdammt – wer hat hier das Sagen? Und in der Mord- und Falschgeldsache kommt der auch nicht weiter, trotz der Kollegen, die ihn unterstützen. Das hat man davon, wenn in der Not die falschen Leute befördert werden.*

Heftig sprang er auf. Der Stuhl kippte und krachte auf den Boden. Er ging um den Tisch und entschied: *Den knöpf ich mir jetzt vor. Wenn der nicht umgehend den Mordfall klärt – egal wo er den Mörder herzerren muss, notfalls muss seine Puff-Vermieterin dran glauben, also wenn … dann schmeiß ich ihn zur Verkehrspolizei zurück. Poggel als Schupo und winkt auf Kreuzungen … Oder ich setze ihn an die Ruhr, da kann er den Fischen den Weg weisen.*

~ ⋆ ~

Alfred sah sofort, Goeke würde Schwierigkeiten machen. Der Staatsanwalt schwankte, seine Augen waren gerötet, das Haar durcheinander. *Besoffen,* dachte Alfred. Es wäre ein leichtes, ihn jetzt auflaufen zu lassen und ihn vor den Kollegen lächerlich zu machen. Das reizte ihn geradezu, denn gegen Goeke pflegte er eine andauernde irrationale Abneigung. Dann fiel ihm Paula ein, und er versuchte, seine negativen Gefühle gegenüber ihrem Mann zur Seite zu schieben. Die Abscheu fiel in sich zusammen. Er nickte den Kollegen zu.

»Sie wissen, was zu tun ist. Die Wohnungen unserer Verdächtigen müssen so schnell wie möglich durchsucht werden. Schnittger und Stankowski, Sie haben gestern Abend bereits damit begonnen. Nehmen Sie sich zumindest jeweils einen von der Liste heute noch vor.« Und zu Goeke gewandt: »Kommen Sie, Herr Staatsanwalt. Es wird Sie interessieren, auf welchem Stand die Ermittlungen sind.«

Goeke kam vorsichtig näher. Alfred merkte, dass er ihm mit seiner Einladung den Wind aus den Segeln genommen hatte. Auch die Betonung von »Herr Staatsanwalt« nahm Angriffsfläche weg.

»Sie haben den … Mörder?«, fragte er.

»Soweit sind wir noch nicht«, sagte Alfred. »Kann aber nicht mehr lange dauern.«

Goeke besah sich die Kreise, Linien und Namen und zeigte auf die zwei Frauennamen.

»Und was heißt dieses … Kathink … Kalinka? Mein Gott, Sie haben eine Sauklaue, Poggel.«

»Zwei Prostituierte aus der ›Veilchenaue‹, die Heinz Lennewegs ganz gut gekannt haben. Die machten eine interessante Beobachtung, die sie noch zu Protokoll geben müssen. Ich kümmere mich morgen drum. Und dann reiche ich die Frauen an die Sitte weiter. Wenn Sie wüssten, Herr Doktor Goeke, was die mir über einen besonders brutalen Freier erzählt haben …«

Er konnte es nicht lassen. Goeke wirkte, als hätte er das überhört.

»Und die Initialen A.P. … da wo sie die Linie wieder durchgestrichen haben? Auf wen soll das hinweisen?«

»Meine Vermieterin, die …«

»Ach ja, die Puffmutter«, sagte Goeke hämisch. »Nehmen Sie die fest. Kriegen Sie ja wohl noch hin, bei ihr gut greifende Anhaltspunkte zu finden. Ich erhebe dann Anklage und werde den Vorwurf des dringenden Tatverdachts erhärten. Dann haben wir die Frau aus dem Verkehr. In Untersuchungshaft gibt die ganz sicher so einiges zu. Darinnen hat so mancher zu reden begonnen, in der Einsamkeit dieser Zelle, die ja nun gerade kein Wohnzimmer ist. Wir konstruieren einen Indizienfall und dann ist die Sache vom Tisch.«

»Es gibt keinen Grund, Frau Puff festzunehmen«, sagte Alfred. »Wir haben nicht den kleinsten Anfangsverdacht noch irgendwelche Indizien. Mit Verlaub, das ist Unsinn! Kein Richter würde den Haftbefehl unterschreiben.«

»Na dann eben eine von diesen Nutten«, sagte Goeke verärgert. »Seien Se nicht derart sperrig.« Goeke versuchte, einen Schluckauf zu unterdrücken und guckte dabei glasig.

»Wir ermitteln intensiv in zwei Richtungen«, erklärte Alfred. »Die eine heißt Pervitin.«

Goeke wurde grau im Gesicht.

»Wir haben das Metzgerehepaar Bernau – bei denen der Mann extrem pervitingeschädigt ist. Und dieses Zeug hat ihm über längere Zeit Heinz Lennewegs verkauft.«

»Der?«, flüsterte Goeke und setzte sich auf Schnittgers Schreibtisch. Es sollte lässig aussehen, Alfred merkte aber, dass Goeke nicht mehr richtig stehen konnte und Halt suchte. *Hat der mal wieder einen sitzen.*

»Ja, der. Im Erstgespräch hat fast nur die Frau geredet. Der alte Bernau ist absolut fertig. Aber ob sie alles gesagt hat – glaube ich eher nicht. Der Mann hat noch längst nicht alles preisgegeben. Interessant finde ich die Frau – aggressiv, wirkt dauerhaft wütend und durchaus hinterhältig.«

Goeke starrte auf die Skizze.

»Die andere Spur führt nach Essen«, berichtete Alfred weiter. »In Lennewegs Unterlagen fand Frau Puff eine Essener Adresse. Sie weiß, dass Herr Lennewegs dort hinfuhr und für einen seiner Auftraggeber etwas sehr Wichtiges abholen musste. Vielleicht Pervitin? ... Möglich. Ich vermute eher, dass er dort das Material für seine Blüten bekam. Ganz sicher auch die Druckplatte. Denn die hat er sich nicht selbst gebastelt.«

»Was für eine Adresse ist das?«, fragte Goeke.

»Die Frau heißt Regina Klötzc. Ich habe mit den Kollegen vom Essener Kriminalkommissariat bereits telefoniert. Anscheinend handelt es sich um eine Bande, die die Kollegen schon länger observieren. Es geht um Raub, Hehlerei und Erpressung. Möglicherweise eben auch um Falschgeld, denn die gleichen falschen Fünfer, die wir hier haben, sind auch dort aufgetaucht. Gut möglich, dass sie sich den Lennewegs vom Hals geschafft haben. Der redete ja gern …«

»Fahren Sie hin, Poggel«, wies ihn Goeke rasch an. »Klingt nach einer brauchbaren Spur. Nehmen Sie die zusammen mit den Essenern Kollegen hoch.«

»Ist schon so abgesprochen«, sagte Alfred und dachte: *Der hat es aber eilig, vom Pervitin abzulenken. Kein Wort hatte er dafür übrig.* »Heute Nacht wollen die Essener Frau Klötze samt Zubehör hochnehmen. Sie bekamen den Tipp, dass sie eine Lieferung Rundfunkgeräte von ihrem Hehler erwartet. Also, gegen drei Uhr früh greifen die Kollegen zu. Morgen Vormittag werde ich die Beschuldigten befragen und bin auch, wenn nötig, bei den weiteren Vernehmungen dabei.«

»Gut«, sagte Goeke. Er schob sich von Schnittgers Schreibtisch runter, schwankte und stand wieder gerade. »Machen Sie nichts auf eigene Faust. Ich weiß ja, wie gerne Sie eigenmächtig handeln, aber so würden Sie nur das Verfahren gefährden.« Er drehte sich um und verließ den Raum. Hatte vergessen, dass er Alfred zur Schnecke machen wollte. Er hatte auch vergessen, warum. Ein beängstigender Begriff zog durch sein Hirn. *Pervitin.* Und da war noch etwas, was ihm Sorgen bereitete. *Kalinka, die Edith Müller, wird doch wohl nicht geredet haben? Auf der Beerdigung von diesem Lennewegs habe ich sie auch gesehen.*

Alfred sah noch auf die Tür, als Goeke längst verschwunden war. *Arme Paula.*

~ ⋆ ~

Alfred schaute auf den Hundertmarkschein, den Willy ihm glattgestrichen vorgelegt hatte. Dann auf den zweiten, den er daneben gelegt bekam.

»Was soll das jetzt?«, fragte er. Willy Rückert kannte er seit vielen Jahren. So genau wusste er es nicht mehr, vermutlich hatten sie sich kennengelernt, als er 1927 nach Mülheim versetzt wurde. Er war ein einfacher Polizist und Willy war einfacher Angestellter bei der Sparkasse gewesen. Und so blieb es eine lange Zeit. Genau wie er hatte sich Willy nicht von der Partei vereinnahmen lassen. Dafür blieben die Beförderungen aus, und er konnte froh sein, dass er nie behelligt wurde. Beide hatten sich eingeigelt, in der Freizeit in der Ruhr geangelt, hatten Wochenendausflüge mit den Fahrrädern gemacht und einmal bei einer längeren Tour nach Luxemburg Mädchen aufgegabelt und mit Vergnügen verführt. Alfred war heute noch etwas unwohl, wenn er daran dachte. Andererseits hatten die Ischen es ihnen auch zu leicht gemacht. Oder nicht? Jedenfalls fuhren sie wieder nach Mülheim zurück, ohne Versprechungen zu hinterlassen. *Doch wohl auch kein Kind?*, ging es ihm durch den Kopf. Es war eine merkwürdige Zeit gewesen. Willy wurde nicht eingezogen. Sein rechtes Bein war für einen deutschen Kriegshelden drei Zentimeter zu kurz. Aber direkt nach dem Krieg hatte es Willy beruflich genau so wie ihn hochgeschoben. Mangels fachkundigen Personals fungierte Willy mit einem Mal als Filialleiter der Sparkasse, wurde schnell sogar Vorstandsmitglied.

»Fällt dir denn nichts auf?«, fragte Willy. Alfred schüttelte den Kopf.

»Einer von beiden ist falsch!«

Alfred ging näher heran, hielt die Geldscheine vor die Augen, dann gegen das Licht. Griff nach der Lupe, die Willy ihm hinhielt. Er holte die zwei Fünfer aus der Tasche, die er ständig bei sich trug, den schlechten und den guten Falschen, legte einen echten Fünfer dazu. Betastete alle Scheine, roch daran. Dann schüttelte er den Kopf.

»Ich kann keinen Unterschied erkennen. Anders als bei den falschen Fünfern da.«

»Die Fälschung ist auch gut. Sehr gut sogar«, sagte Willy anerkennend. »Seit den Fälschungen der Nazis im Krieg, du weißt schon, diese britischen Pfundnoten, sind so gute Blüten nicht wieder aufgetaucht.«

»Du meinst, es handelt sich um die gleichen, die im Krieg für die Nazis …?«

Willy schüttelte den Kopf. »Wohl kaum. Die Druckplatten sollen bei Kriegsende in irgendeinem bayerischen See entsorgt worden sein, und man könnte sie ja auch nicht verwenden, weil es um englisches Geld ging. Ich sage ja nur, die sind so gut wie die Fälschungen von damals. Wir hätten das Falsifikat nie bemerkt, wenn wir nicht gerade ständig Stichproben machen würden, weil uns das Auftauchen dieser Fünfer …«, er wies auf die hervorragende Fälschung, »… sehr vorsichtig gemacht hat. Da werden einige schon nervös, wenn so gute Blüten im Umlauf sind. Und anders als bei den Fünfern, wo noch eine kleine Marotte hineingezeichnet ist, fehlt die hier bei den Hunderten. Die erkennt ein Fachmann nur anhand winziger Details.«

Alfred untersuchte die Nachbildung mit der Lupe und legte sie wieder zur Seite.

»Du glaubst, die Quelle ist die gleiche wie bei den Fünfern, die nicht von Lennewegs stammen?«

»Ja. Der Typ hat mit den Fünfern geübt und schlägt jetzt mit den Hunderten professionell zu. Der gibt sich richtig Mühe, sie behutsam in den Verkehr zu bringen. Genau drei Scheine haben wir heute wieder aussortiert. Leider können wir keinen zurückverfolgen, weil es so spät auffiel. Am besten wäre es natürlich, einen Kunden mit solch einem Schein direkt am Schalter zu erwischen. Ab sofort sind unsere Mitarbeiter angehalten, jeden Hunderter, der reinkommt, zu überprüfen. Damit das nicht auffällt, liefern sie jeden Schein mit einem Zettel, auf dem der Einzahler vermerkt ist, an die intern eingerichtete Prüfstelle ab.«

»Halt mich darüber bitte auf dem Laufenden. Ich muss jetzt nach Essen. Da wurde heute Nacht eine Bande festgenommen, die möglicherweise etwas mit dem Falschgeld zu tun hat, zumindest mit den Fünfern.«

~ * ~

Regina Klötzc hätte man als durchaus attraktiv bezeichnen können, wären da nicht diese harten Gesichtszüge und dieser kalte Blick. *Mit der werde ich meine Schwierigkeiten haben,* überlegte Alfred.

Nachdem er sich vorgestellt hatte, sagte er noch: »Über Ihre Rechte sind Sie von den Kollegen bereits belehrt worden. Ich muss sie nicht wiederholen.«

Alfred sah ein leichtes Zittern ihrer Augenlider, ein Flackern im Blick. Sonst verzog sie keine Miene. *Als ich gesagt habe, dass ich aus Mülheim bin, hat aber was geklingelt,* stellte er fest. *Jetzt gleich nachlegen, bevor der Überraschungseffekt verfliegt.* Er schob ihr ein Foto von Heinz Lennewegs zu.

»Kennen Sie diesen Mann?«

Die Frau schaute das Bild lange an und nickte. »Kennen ist zu viel gesagt …«

»Aber?«

»Er schlich in der Gartenkolonie herum, und wir haben ihn dann vertrieben. Ich meine, da kann nicht jeder Fremde einfach in der Anlage rumtapern.

»Was wollte er?«

Sie hob die Schultern und ließ sie wieder fallen. »Mich unbedingt sprechen. Mir war er unbekannt, und daher habe ich ihn abschieben lassen.«

»Und dabei wurde er verletzt?«

»Meine Männer packen nicht wie Mädchen zu. Aber von ein paar blauen Flecken an den Oberarmen abgesehen hat er die Gärten unbeschädigt verlassen.«

Alfred ließ das Bild liegen. Er sah Regina Klötzc in die Augen, hielt ihren Blick fest, zwang sie, ihn zu erwidern.

»Ich glaube Ihnen nicht.«

»Holen Sie den dürren Kasper doch her«, sagte sie ungerührt. »Machen Sie eine Gegenüberstellung. Dann werden Sie ja sehen, wie weit die Bekanntschaft reicht.«

»Die würde nicht besonders gesprächig ausfallen«, sagte Alfred. »Kommen Sie mit nach Mülheim, auf den Broicher Friedhof.«

Wieder dieses Flackern der Augenlider und in ihrem Blick. Und schon hat sie sich wieder im Griff.

»Heinz Lennewegs ist tot.«

»Kommen Sie mir jetzt nicht mit Ihrer Polizisten-Trickkiste und derartigen Fissematenten. Der Typ verschwand mit ein paar blauen Flecken, aber das war es auch.«

»Ich glaub's sogar«, gestand Alfred ihr zu. »Aber jetzt ist er nicht mehr unbeschädigt, und es ist meine Aufgabe, zu prüfen, wer für den Schaden verantwortlich ist.«

»Er ist also nicht einfach so gestorben?«

»Niemand stirbt ganz einfach so«, antwortete Alfred. »Bei Heinz Lennewegs kamen aber noch ganz besondere Umstände dazu.«

Er verließ das Verhörzimmer. Ein Kollege trat auch gerade auf den Flur und winkte ihn kurz zu sich.

»Wir haben die Schrebergartenhütte und das Gartengrundstück von unten nach oben gekehrt. Viel gefunden haben wir nicht. Ein bisschen Hehlerware, wenige Aufzeichnungen, die für uns noch kein Bild ergeben. Das ist alles nicht so wichtig für uns. Wichtiger ist, wir haben sie in flagranti erwischt. Wird für eine Anklage reichen.«

»Mir geht es um etwas anderes«, sagte Alfred. »Haben Sie auch nach dem Rattengift gesucht?«

»Bitte sehr!« Der Essener Kollege hob einen Plastikbeutel mit einer angebrochenen Packung E605 hoch. »Viel ist nicht mehr drin«, sagte er.

»Wer davon wohl alles genascht hat?«, fragte Alfred. »Aber der Fund hilft mir ungemein.« Er nahm den Beutel und ging zurück in den Verhörraum. Das Gift warf er auf den Tisch.

»Dies hier fanden wir unter anderem in Ihrem Gartenhaus.«

»Ja. Sicher. Rattengift. Wir brauchen es alle in der Siedlung, sonst wird man die Viecher nicht los.«

»Daran starb Heinz Lennewegs.«

Regina Klötzc sah ihn verwundert an. Dann lachte sie. »Grundgütiger! Meinen Sie, ich hätte den kleinen Schieber vergiftet? Ist ja zum Brüllen komisch – und wie denn wohl? Das glauben Sie doch selber nicht.«

»Sieh an«, sagte Alfred. »Jetzt wissen Sie mit einem Mal, dass Heinz Lennewegs ein Schieber war. Frau Klötzc, aus der Nummer kommen Sie so schnell nicht wieder raus. Zumal Sie ja auch Falschgeld besaßen, das eindeutig von Heinz Lennewegs stammt.«

Plötzlich zeigte sich Wut in ihrem Gesicht. »Falschgeld? Blüten haben wir von dem bekommen? Ich hätte es mir gleich denken können, dass da was faul ist. Na, der Fritz kann was erleben. Der braucht nie mehr auf alte Freundschaft pochen, der nicht!«

»Von wem sprechen Sie?«, hakte Alfred nach. »Wenn Sie etwas wissen, dürfen Sie das nicht zurückhalten. Haben wir uns verstanden?«

Regina Klötcz verschränkte die Arme vor der Brust und sagte nichts mehr.

~ * ~

Zufrieden blickte Alfred aus dem Abteilfenster. Die Lösung war greifbar. Die Essener mussten die angegebenen Alibis überprüfen, die Klötzc gestehen, und dann war der größte Druck weg. Danach mussten die Berichte geschrieben werden, und es standen die Haftprüfungstermine, die Vorbereitung der Zeugenaussagen vor Gericht an. Dabei würden Jürgen Schnittger und Rosemarie Stankowski helfen. Viel Arbeit. Aber auch Routine, obwohl ein Mordfall nie Routine war. Aufatmen würde Alfred genau in der Minute, wenn der Richter sein Urteil gesprochen hatte. Schon quälten Alfred neue Gedanken. *Ich weiß noch nicht, warum sie den Lennewegs getötet haben, aber das holen wir aus der Klötzc und ihren Jungs raus. Oder war es nur die Frau? Es wäre gut möglich. Die hat Stärke, so eine ganz besondere erotische Ausstrahlung, vielleicht ist der Heinz darauf geflogen. Trotzdem werden sie und ihre Männer umkippen, ich habe Geduld, ich kann bis tief in die Nacht verhören, wenn es sein muss. Im Prinzip müsste ich am Ziel sein und kann Goeke unter die Nase reiben: Ich habe die Mörderin oder die Mörder von Heinz Lennewegs.*

Habe ich den Täter wirklich?

Alfred fragte sich, ob Regina Klötzc vielleicht doch nicht alles allein gemacht hatte. Aber mit d*iesen tumben Jungs sicher nicht. Hat sie wirklich solch eine Wut auf Heinz gehabt? Aber wer* *hat ihr geholfen?* Er wusste, die Schrift auf dem Zettel stammte nicht von Heinz Lennewegs. Auch nicht von Anna. Aber wer hatte dann die Adresse aufgeschrieben? Dieser Fritz? Welcher Fritz? *Das müssen wir aus ihr herausbekommen.*

14.

Alfred musste sich aus den weiteren Ermittlungen der Essener raushalten. Seinen Triumph unterdrücken. Die Kollegen hatten ihm schon bestätigt, dass ein dringender Tatverdacht vorläge, besonders gegen Regina Klötzc.

Seine Ungeduld machte ihn nervös, er wiederholte sich, nervte mit seinem Beharren darauf, dass die Klötzc Lennewegs ermordet hatte. Die Kollegen gingen vor allem dem Verdacht der Falschgeldherstellung nach. Sicher aber war zunächst nur, dass die Klötzc samt Anhang Hehlerware verschoben hatte.

Die Entscheidung der vorläufigen Festnahme ließ auf sich warten. Noch wurden die drei »festgehalten«, noch waren sie nicht verhaftet. Während der Vorführung beim Essener Richter ging Alfred zum nächsten Telefon unten auf dem Flur des Gerichts und rief Dr. Goeke an.

»Sie wissen, ich halte Frau Klötzc nach wie vor für die Hauptverdächtige. Die zwei anderen – kann mir nicht vorstellen, dass die dem Lennewegs Gift eingeflößt haben. Ein Giftmord ist Heimtücke pur, und so sind diese bulligen Typen nicht. Eher einfach gestrickt, gut fürs Zusammenschlagen, gut um verschobene Ware zu organisieren …«

»Machen Sie nicht wieder einen auf Psychologe«, stoppte Dr. Goeke Alfreds Überlegungen. Er räusperte sich, sagte aber nichts mehr.

Alfred lauschte und starrte auf den glänzenden Linoleumboden.

Goeke schwieg weiter.

Alfred dauerte dies zu lange. »Ich als Leiter der Mordkommission möchte Frau Klötzc in den Mülheimer Polizeigewahrsam bringen. Wir haben nicht viel Zeit, die achtundvierzig Stunden, die sie festgehalten werden kann, sind schnell vorbei. Ich klopfe die Frau schon weich, ich kriege sie so weit, dass sie gestehen wird. Durch den Besitz der Blüten – egal, was sie damit zu tun hat, samt der Grundig-Radios – die stammen übrigens aus einem Bruch in Kettwig, bringen wir sie in unsere U-Haft. Dr. Goeke, Sie wissen ja, wie grausig die ist.«

»Hm«, sagte Goeke.

Alfred zappelte ungeduldig.

»Ich werde Sie unterstützen und lege Ihnen keine Hindernisse in den Weg, Herr Poggel. Wie schön, endlich sind wir uns mal einig! Kümmern Sie sich! Üben Sie Druck aus! Dann haben wir schnell ein Geständnis. Und wenn das erst nach der vorläufigen Festnahme passiert, U-Haft ist ein gutes Mittel, um jemanden zum Reden zu bringen. Überlassen Sie den Essenern die beiden anderen. Machen Sie. Schnell. Im Gegenzug möchte ich nun endlich die Katthöfer-Akte schließen und dessen Anzeige aus Mangel an Beweisen niederschlagen. Es scheint keine Zeugen mehr zu geben. Sie haben ja bis heute nicht die neuen Adressen der damals beteiligten Polizisten herausfinden können. Also. Lassen Sie in der Asservatenkammer nachsehen, ob sich noch irgendetwas von diesem Herrn darin befindet … Geld, Dinge aus seiner Wohnung, er faselt doch immer von wertvollen Stücken, vielleicht ist noch ein Bild von ihm da. Schauen Sie. Melden Sie sich morgen bei mir. Jetzt habe ich zu tun.«

Verblüfft lauschte Alfred dem Tuten im Hörer.

Es war, als reagiere erst sein Körper und dann der Verstand. Schon wählte er die Nummer erneut. Sofort war Goeke dran.

»Nochmal Poggel.«

»Was ist?«

In grässlich gewundenen Sätzen erklärte Alfred, mühsam seinen aufsteigenden Ärger unterdrückend, dass die Verlegung der Beschuldigten und die Katthöfer-Geschichte ganz verschiedene Fälle seien. In seiner manchmal unangenehmen Beharrlichkeit stieß Alfred hervor: »Ich will erst die alte Akte finden, sie einsehen und werde schon Zeugen auftreiben. Eher wird gar nichts zugemacht!«

Er hörte, wie Dr. Goeke tief Luft holte. Brüllte: »Ich komme Ihnen entgegen. Mache es Ihnen leichter – damit Sie sich endlich gegenüber den Essenern behaupten können – Sie! – mit Ihrer Schmalspurausbildung – bilden Sie sich nix ein – sonst bleibt die Klötzc in Essen. Dann allerdings werden Sie wenig Gelegenheit haben, mit ihr zu reden. Merke schon, mal wieder überfordert, der Herr Poggel. Dabei serviere ich Ihnen Lennewegs Mörderin sozusagen auf dem Tablett.« Dann holte er Luft, fuhr aber etwas ruhiger fort: »Verfolgen Sie noch die Pervitin-Spur bei Frau Bernau? Das können Sie ja jetzt sein lassen. Seien Sie nicht halsstarrig. Wir können bald mit einem guten Ergebnis an die Presse gehen, und da ich in diesem Haus immer noch Ihr Chef bin, werden Sie die Katthöfer-Akte schließen. Da verstehen wir uns?«

Im Reflex übernahm Alfred das Gebrüll des anderen, das ihm trotz des ruhigeren Nachsatzes noch in den Ohren klang, und schrie zurück: »Die Akte Katthöfer wird nicht geschlossen. Und wenn doch, werde ich noch ganz andere Akten aufmachen, Goeke. Sie werden sich wundern, Herr Staatsanwalt!«

Am anderen Ende wurde es still. Überraschend lange still, so dass Alfred sich wieder fangen konnte. Er überlegte schon, ob er auf das Schließen der Katthöfer-Akte eingehen sollte, schließlich lag ihm ja nichts an dem Kerl, als der Staatsanwalt überraschend versöhnlich sagte: »Also gut, eins nach dem anderen. Frau Klötzc wird zu uns ›verschoben‹. Über den Katthöfer-Fall unterhalten wir uns später. Dann aber endgültig und abschließend. So oder so.«

Alfred überlegte, was Goekes Wandlung wohl bewirkt haben könnte. Er kam zu keinem befriedigenden Ergebnis. Fuhr zu den Kollegen nach Essen und verhandelte mit ihnen die Überführung der Klötzc nach Mülheim.

Einer meinte: »Ist ein heftiger Brocken, die Madam. Auch ihre Orang-Utans haben einen schlechten Ruf. Betrug und schwere Körperverletzung. Jedenfalls rastete die Frau beinahe aus, als wir sie auf die Falschgeldproduktion angesprochen haben.«

Ein anderer fügte hinzu: »Komisch, alles nur Fünfmarkscheine. Ob gut oder schlecht gemacht, können wir nicht beurteilen. Deshalb haben wir sie schon einem Fachmann und dem Essener Sparkassendirektor zur Begutachtung vorgelegt.«

Alfred fragte nach dem Durchsuchungsergebnis, nach Werkzeug, Druckplatten und Farben zur Blütenherstellung.

»Alles Mögliche fand sich in dem Schrebergartenhaus, war das reinste Lager. Die hatten sogar den Untergrund ausgehoben und eine Art Keller gebaut. Aber kein Werkzeug, mit dem man Geld drucken kann. Schade. Denn jetzt wird's kompliziert. Sie wissen ja, selbst in Essen kursieren inzwischen die verrücktesten Gerüchte über Fälschungen. Womöglich handelte die Klötzc-Bande nur in gutem Glauben. Bei der Frau gibt es übrigens keine Eintragungen. Die ist sozusagen noch unbeleckt.« Dabei grinste er hämisch. »Wenn die hier weg und nach Mülheim kommt, wir weinen ihr keine Träne hinterher. Unsere paar Zellen sind inzwischen durch die Belegung der Klötzc'schen Orang-Utans überfüllt.«

~ ★ ~

Während die grüne Minna gen Mülheim fuhr, wurde Alfred in das Büro des Essener Staatsanwalts Herder gebeten. Mit knappen Worten und in militärisch straffer Haltung stellte der ihm die Banknotenexperten vor. Herbert Schlonze vom Essener Betrugsdezernat und Dr. Herrenberg als Vertreter der Sparkasse. Die wiesen auf die gravierenden Unterschiede der verschiedenen Scheine hin.

»Schlechte Qualität mit immer gleicher Seriennummer. Daneben gibt es diesen hier«, Schlonzes Zeigefinger tippte auf weitere Scheine, »der ist imponierend gut gemacht.«

Alfred nickte. »Haben wir auch.«

»Wie?«, fragte Herder. »Lassen Sie die Herren bitte ausreden.«

»Die Banknoten können nicht aus einer Hand stammen«, resümierte Dr. Herrenberg. »So dumm ist niemand und macht schlechte sowie gute Fälschungen.«

»Sag ich doch«, murmelte Alfred.

»Wir haben es mit zwei Fälschern zu tun. Eigenartig, dass beide Sorten aus dem Essener-Mülheimer Raum kommen. Denn die bei Ihnen gefundenen sind ja ebenso unterschiedlich, um kurz auf Ihre Zwischenbemerkungen einzugehen, Herr …?«

»Poggel. Wir wissen, auf wen die primitive Ausführung zurückgeht. Ich glaube nicht, dass noch ein dritter Fälscher am Werk ist.«

»Und, wo ist er?«

»Auf dem Broicher Friedhof. Ermordet. Deshalb bringe ich ja den Toten mit dieser Frau Klötzc in Verbindung, ich meine, da besteht eine …«

Staatsanwalt Herder sah ihn an und schüttelte den Kopf.

»Sagt Ihnen der Name Heinz Lennewegs etwas?«, wandte sich Alfred an den Bankexperten.

Dr. Herrenberg schüttelte den Kopf.

»Frau Klötzc wird in der Mülheimer U-Haft ein Geständnis ablegen. Sie haben ja ihre Mittäter. Die halten auch nicht dicht. U-Haft hat schon so manchen kirre gemacht. Im Moment sieht es danach aus, als könnten wir die Frau wegen Mord überführen. Ebenso wegen Falschgeldbesitz und wegen Raub … Da kommt einiges zusammen.«

»Wollen Sie der Frau alles anhängen, was bei Ihnen noch ungeklärt ist, Herr Poggel?« Herder lächelte Alfred an. »Klingt in meinen Ohren bissken schwach, wenn ich's mal salopp formulieren darf. Sag ich aus Erfahrung«, setzte der Staatsanwalt hinterher und straffte seinen Rücken. »Gerade, wenn man meint, es passe alles zusammen.«

~ * ~

Regina Klötzc wurde in eine Haftzelle ins Mülheimer Frauengefängnis gebracht. Alfred war inzwischen zurück und wollte die Überführung begleiten. Das massige düstere Gebäude in der Gerichtsstraße schüchterte selbst ihn ein. Schon während sie durch das massive Stahltor gingen, das hinter ihnen schnell wieder geschlossen wurde, fühlte sich Alfred eingesperrt. Die zierliche Beamtin, die Frau Klötzc an den Handschellen vorwärts schob, zeigte zum Gefängnishof mit den Ausbruchssperren rüber. Im gesamten Gebäude waren alle Fenster vergittert.

»In U-Haft werden Sie keinerlei Kontakte mit anderen Häftlingen haben, keine Besuche, damit Sie es rechtzeitig wissen, außerdem herrscht während Ihres Einsitzens absolute Kontaktsperre. Weitergehen! Sind Sie immer so lahm? Los!«

Hatte Alfred Regina Klötzc bisher als starke Persönlichkeit wahrgenommen, sah er nun, wie schleppend sie jetzt schon ging, wie ihre Schultern herabgesunken waren. *Die redet schnell!*

~ ⋆ ~

»Hier ist das Klötzc'sche E605 … genau noch zweiundvierzig Gramm übrig. Wir werden Sie unterstützen. Hab's den Kollegen versprochen. Und deshalb«, Alfred hob seine Stimme, »Fräulein Stankowski, rufen Sie bitte in allen Mülheimer und Essener Drogerien an. Lesen Sie denen vor, was auf dem Aufkleber steht, und fragen Sie, wer in der letzten Zeit über massiven Blattlausbefall klagte und dafür Gift kaufte.«

»Ist das Ihr Ernst? Warum soll ich für andere mitarbeiten? Oder ist die Angelegenheit so dringend?«

»Sehr!« Er legte sein Gesicht in autoritäre Falten. »Und Frauen quatschen gern und sind doch neugierig.«

Da stand Rosemarie Stankowski von ihrem harten, ständig neu geleimten Bürostuhl auf. Strich ihren engen dunkelblauen Rock glatt. Richtete ihr hoch getürmtes dunkelblondes Haar. Kam langsam auf ihn zu, während Schnittger reinkam und mit einem Fußtritt die braun gestrichene Tür zuschlug.

»Herr Poggel! Sind Sie nicht neugierig? Von Berufs wegen? Im Übrigen – ich quatsche nicht, ich frage nach.«

»Reden Sie nicht! Erledigen Sie lieber den Auftrag, den ich Ihnen gerade gegeben habe. Oder brauchen Sie eine schriftliche Dienstanweisung?«

Ich frage mich, warum die sich nicht längst auf ihre naturgegebene Aufgabe vorbereitet. Soll heiraten und treusorgende Mutter werden. Mit so einem aufgeblasenen Selbstbewusstsein kriegt die niemanden ab. Was die Zeit so aus den Frauen macht. Treten auf wie Kerle.

Jürgen Schnittger schaute herüber. »Das Giftzeug haben übrigens alle hier, zumindest die mit einem Garten«, murmelte er und versank wieder in einer aufgeschlagenen Akte.

Fräulein Stankowski aber bedachte Alfred mit einem wütenden Blick, warf den Kopf in den Nacken und schritt langsam zu ihrem Platz zurück. Die Absätze klackten lauter als sonst. Alfred blickte ihr nach. Der selbstsichere Auftritt der Kollegin ärgerte ihn. Er ging zurück in sein Büro, ließ aber die Tür offen.

Sie schnappte sich das Telefonbuch und begann, die Telefonnummern diverser Drogerien rauszusuchen. Die Antworten waren höflich bis genervt. Jedenfalls wurde die Recherche schnell mehr als aussichtslos.

»E605 wird überall verkauft, an jeden. Blattläuse und andere Gekrabbele gibt es in diesem Jahr reichlich, und die Drogerien haben natürlich keine Personenbeschreibungen.«

»Hab ich doch gesagt«, warf Schnittger ein.

»Aha. Haben Sie auch so was bei sich rumstehen?«, fragte Alfred, der alles mitgehört hatte und nun in der Tür stand, bissig. »Und – was ist das?« Er hielt einen Zettel hoch. *Frau Müller hat angerufen.*

»Welche Frau Müller?« Inzwischen hatte er Magenschmerzen. War ja auch ein ereignisreicher Tag heute.

»Weiß ich nicht. Sie klang, als würden Sie die Dame kennen. Jedenfalls sei sie ab vier im Sander.« Das Gesicht der Kollegin verriet die Überlegung: *Neue Braut?*

»Es ist wichtig, sehr wichtig, es geht um eine Zeugin im Fall Lennewegs.«

Als Alfred ging, zwinkerte ihm Schnittger, der vor der Schreibmaschine saß, verschwörerisch zu. »Soll ich mitkommen?«

~ ★ ~

Hübsch sah sie aus, in dem roten Kleid mit den weißen Punkten, dem weit schwingenden Rock, dem weißen Strickjäckchen und den schlichten Pumps. Bis auf die Haare. Aber sonst sah Edith Müller wie eine berufstätige junge Frau aus. Was sie ja auch war. Zumindest verdeckte sie ihr strohig verfärbtes Blondhaar so gut wie möglich mit einem breiten Tuch, was Alfred anerkennend registrierte. Er betastete seinen Schlipsknoten. Aber der saß wie immer, eng und klein gezerrt. Und hässlich braun-beige gestreift.

Immer noch genervt, forderte Alfred sie auf, ihm alles über Heinz zu erzählen. Aber das, was sie sagte, hatte sie ihm längst berichtet.

»Ein Netter, jemand, der, wenn er blank war, auch mal Liebe umsonst bekam …«

Alfred seufzte.

Endlich konnte er wenigstens lächeln, als Fräulein Müller sagte: »Nun entspannen Se sich mal. Haben Sie Angst, dass *ich* Sie abschleppe?«

Da er immer noch das Gefühl hatte, sie wüsste mehr, als sie sagen wollte, fragte er, um auch persönliches Interesse an ihr zu zeigen: »Kommen Ihre Eltern eigentlich aus Mülheim?«

Edith Müller zuckte zusammen. Kaum sichtbar, aber Alfred registrierte es. Ihr Ausdruck wechselte. Die Gesichtszüge wurden härter, verschatteter. Kühl blickte sie ihn mit den Augen der Hure Kalinka an: »Damit Sie Ruhe geben – bisher haben wir beide nie Ärger miteinander bekommen – und damit Sie nie an falscher Stelle fragen: Ich wurde von einer Tante als kleines Mädchen übernommen. Meine Mutter musste Offizieren zur Verfügung stehen. Deshalb gab sie mich ab. Sie hatte keine Zeit und wünschte ihrer Tochter ein besseres Leben. Aber es hat nicht funktioniert, warum auch immer. Und jetzt fragen Sie mich nie wieder was Persönliches.«

Alfred machte eine beschwichtigende Handbewegung. »Sie sagten nach der Beerdigung, Sie hätten Heinz Lennewegs hier im Café Sander gesehen? Allein? Mit anderen?«

Ihr Ton war immer noch distanziert. »Ja, ich meine schon, dass er hier war. Wissen Sie, alles war so flüchtig. Aber Heinz erzählte mir mal in der ›Veilchenaue‹, er habe sehr bald sehr viel Geld. Nun, was sagen Männer nicht alles, wenn sie besoffen sind. Aber mehr kann ich Ihnen nicht über Heinz berichten. Kann ich jetzt gehen?« Sie winkte der Bedienung zu. »Ich möchte zahlen!«

»Das übernehme ich. Lassen Sie sich ruhig einladen. Und ich möchte Sie bitten, in einer guten Stunde – wir haben jetzt kurz vor fünf – in die Von-Bock-Straße zu kommen. Sie müssen sich weitere Fotos anschauen. Der Abgleich ist notwendig.«

Als er alleine war, bestellte Alfred sich ein Bier. Der jungen Frau, die ihm eine Flasche Ibing und ein Glas hinstellte, legte er ein Foto von Heinz hin. »Kennen Sie den? Der soll hier verkehrt haben.«

»Warum, wozu, wer sind Sie?«

Alfred zeigte seine Marke, nannte Namen und Dienstrang.

»Hm. Im Ganzen haben Sie den nicht? Nur ein Kopfbild? Kommt mir bekannt vor … Warten Se mal.« Sie griff nach der Schwarz-Weiß-Aufnahme, ging damit hinter die Theke und besprach sich mit einem Konditor, der gerade frischen

Baumkuchen und Torte hereinbrachte. Alfred kam hinterher. »Und? Sie kennen ihn?«

»Ja«, sagte der Mann. Der war mal hier. Noch gar nicht lange her. Der redete mit so 'nem Geschniegelten. An dem Tag habe ich mit ausgeholfen. Saßen die nicht auch am selben Tisch, Vera?«

»Weiß nicht. Kann mich nicht erinnern. Aber bei uns war der schon mal. Hatter geklaut?«

Der Kollege, den Vera Hörstchen nannte, schlug sich gegen die Stirn. »Ist das nicht der Tote ausser Zeitung? Giftmord?«

Alfred nickte.

»Jeht man nix über ein jutes Gedächtnis, nicht wahr, Herr Insepktor? Darauf einen Escorial grün. Geht aufs Haus. Denn genau dies Schnäpsken spendierte ihm auch der feine Herr, mit dem er gesprochen hat. Der trug vielleicht 'n schnieken Trenchcoat, sogar bei dem Wetter. Mann, wir haben Ende Mai, da isset doch warm. Und der Tote hatte wohl einiges schon vorher intus – ich meine, ein oder zwei Escorial haun einen Mann nicht um – obwohl, dat war soon Spucht. Jedenfalls rannte er paar Mal aufs Klosett. Schwankte schon ziemlich. Ach ja, da war noch irgendwas mit dem Geld. Aber das Fräulein Schulte, die den an dem Tag bedient hat, die hat heute frei.«

»Wie hieß der mit dem Mantel, kennen Sie wenigstens seinen Vornamen?«, fragte Alfred.

»Keine Ahnung.«

Alfred war ratlos. Was war so Besonderes daran, dass möglicherweise Heinz in diesem Café verkehrt hatte? *Dann müsste ich ja alle Läden abklappern. Und selbst wenn er hier und da gesehen wurde, das hat ja erst einmal nichts mit seinem Tod zu tun. Außerdem kannte er genügend Leute, also ist das Gespräch mit diesem Pinkel auch nichts Besonderes. Alles kein Hinweis auf einen anderen Täter. Bleibt mir nur die Klötzc. Trotzdem …*

»Wann machen Sie hier Schluss?«

»Wir haben noch einige Bestellungen. Acht. Halb neun. Warum?«

»Dann möchte ich auch Sie bitten, danach zu mir zwecks Fotoerkennung auf die Wache zu kommen. Von-Bock-Straße. Sie wissen, wo das ist? Sagen Sie mir eben noch Ihren Namen.«

»Horst Kettler.«

~ * ~

Wie getrieben eilte Alfred zurück. Für Edith Müller bereitete er die Fotoordner mit den Aufnahmen etlicher Täter vor. Immer noch dachte er trotz seiner Fragen und Zweifel an die Beschreibung jenes eleganten Herrn im Sander. Weil der eher nicht solchen Umgang wie mit Heinz Lennewegs gepflegt hätte.

Er ging zum Pförtner und sagte ihm, dass gegen 17 Uhr noch eine Zeugin käme. »Die Frau Müller. Soll gleich zu mir durchkommen! Und nach acht erwarte ich einen Herrn Kettler.«

Vom weitem hörte er das durchdringende Klingeln seines Telefons. Die Essener. Sie bestätigten die Alibis. An jenem Tag, an dem Heinz Lennewegs sterben musste, waren Regina Klötzc und ihre Helfer nachweislich nicht in Mülheim gewesen.

Und trotzdem kann sie es gewesen sein, nörgelte Alfreds innere Stimme. Er hielt dagegen und erinnerte sich, was er über das Gift gehört hatte: E605, Pflanzenschutzmittel gegen saugende Insekten. Wird aber auch gegen anderes Ungeziefer eingesetzt.

Wirkt außerordentlich schnell und ist hochgiftig. Es vernichtet nicht nur unwillkommene Krabbeltiere, sondern auch Warmblüter. Menschen. Nur fünf Tausendstel Gramm Gift pro Kilogramm Körpergewicht setzten jeder Feindschaft ein Ende.

Alfred war stolz auf sein gutes Gedächtnis. Das Wort »Feindschaft« blitzte wie ein rotes Licht in ihm auf. *Welche Feinde hatte Heinz? Er, mit seinem umgänglichen Wesen? Womit hatte er eine oder einen anderen so wütend gemacht, dass er oder sie ihn töten mussten? Ohne Warnung. Aber geplant muss es gewesen sein. Kein Mord im Affekt. Warum hatte Heinz seiner Anna so wenig über seine Bekanntschaften erzählt?*

Die Männer aus der Klötzc-Bande schließe ich aus. Einer hatte den Geburtstag seiner Mutter in Kettwig gefeiert, und der andere für einige Tage im Duisburger Hafen gearbeitet. Regina Klötzc war an Heinz' Sterbetag und dem Tag danach krank gewesen. Ihre Nachbarin hatte dies bestätigt. Leider war es ein recht wackeliges Alibi. Schnell krakelte er in seinen Block: *Die Essener anrufen. Sollen die Nachbarin, die das bestätigt hat, noch mal rannehmen.*

Oder hat die Klötcz in Mülheim jemandem den Auftrag erteilt, Lennewegs zu ermorden?

~ ⋆ ~

Schon eine Viertelstunde saß Edith Müller vor den Fotografien, die ihr Alfred vorgelegt hatte. »Davon kenne ich keinen, auch nicht als Kunden.«

Er kam nicht weiter und hoffte auf den Konditor. Dazwischen aber blieb noch Zeit. Er meldete sich im Gefängnis an, ging mit einer Wärterin in die karge Einzelzelle zu Regina Klötzc. All seine Fragen nach Personen, mit denen Heinz zu tun gehabt hatte, gingen ins Leere. »Ich habe den Typen nur allein erlebt«, beharrte sie nachdrücklich und verweigerte anschließend jede weitere Aussage.

Die Pervitin-Spur wurde fadenscheinig. Verlor sich irgendwie. Alfred nahm sich vor, morgen noch mal Frau Bernau vorzuladen. Nachzuhaken. Aber er kannte ihre Antwort schon. »Ich war im Geschäft, wie immer«, lautete ihr Alibi. *Aber dennoch, sie kann unbemerkt rausgegangen sein … Die Frau hat ein Motiv. Frauen …* Er nahm sich einen Stift.

Regina Klötze (mgl. Motiv: Blüten) und Johanna Bernau (mgl. Motiv: Pervitin). Beide von ihrem Charakter her dafür geeignet. Beide hatten Wut auf Heinz L. Nachhaltige Wut.

So lauteten Alfreds Notizen.

Vor der Pförtnerloge wartete schon Horst Kettler auf ihn.

Der Mann ließ sich Zeit. Betrachtete jede Aufnahme gründlich und ließ sich durch Alfreds Dazwischenfragen nicht beirren. Plötzlich sprang er auf. »Ich hab's«, rief er.

»Was?«

»In Ihren Unterlagen ist der Mann nicht – aber jetzt erinnere ich mich an etwas … Wissen Sie, wem der Pinkel ähnelt? Diesem Schauspieler. Ich gehe nämlich gern ins Kino …«

Alfred hielt die Luft an.

»Augenblick …« Horst Kettler rieb sich die Stirn, schloss die Augen. »Der sieht dem aus ›Die drei von der Tankstelle‹ ähnlich. Ist derselbe wie im ›Bruchpilot‹. Sie wissen? Moment, Name fällt mir auch noch ein.«

»Sie meinen doch wohl nicht Heinz Rühmann?«

»Genau den. Der Mann, der mit Heinz Lennewegs an jenem Tag bei uns im Café war, war so ein Typ. Elegant, nicht sehr groß, wenn er lächelte, sah er freundlich und verschmitzt aus …«

~ * ~

Eine Erinnerung blitzte auf. Noch war sie nicht greifbar. Alfred fühlte sich blockiert. Während er immer wieder »Rühmann« murmelte, kam sie trotzdem nicht näher.

»Ich muss hier raus!«

Er dachte an das Telefonat mit Dr. Goeke. Legte auf Schnittgers Schreibtisch einen Zettel. *Als Erstes morgen früh in die Asservatenkammer. Dort nach Hinweisen und Spuren zu Katthöfer suchen. Kann viele Jahre zurückliegen.* Alfred ging zum Telex, einem alten Streifenschreiber aus den dreißiger Jahren, war froh, dass die Essener auch eins besaßen. *Erbitte den Finger-Abgleich von Regina Klötzc, den Sie vom Landeskriminalpolizeiamt vorliegen haben. Gruß, Poggel.*

Es war spät geworden. Er wünschte dem Pförtner eine ruhige Nacht, winkte vorbeigehenden Kollegen zu und fühlte sich trotz der wichtigen Mitteilung des Konditors aus dem Sander seltsam schlapp, fast deprimiert. Leer und unfroh.

Da kann nur Thekla helfen. Ich muss was anderes sehen. Dann werde ich draufkommen. Rühmann … Mein Gott, wer sieht in Mülheim wie dieser Schauspieler aus?

Unterwegs überfiel ihn Heißhunger auf Silberzwiebeln, Gürkchen und Russisch Ei.

15.

Alles schien sich zu drehen, wie im Karussell. Die Notizen auf seinen Zetteln, an die Pinnwand geheftet, die Eindrücke, die Worte und Kettlers Stimme: »Gucken Se mal, so wie der!«

»Rühmann«, sagte Alfred laut und schrak aus den kreisenden Gedanken hoch. *Der Konditor meint, ähnlich wie der Rühmann. Und wer sieht so aus? Muss ich nun alle Mülheimer Männer betrachten, alle, die gepflegt aussehen und gut angezogen sind?*

Schon pfiff er: »Ein Freund, ein guter Freund …« aus »Die drei von der Tankstelle«. Der Film hatte ihm gut gefallen. Damals, 1930, überlegte er sogar, Schauspieler zu werden, nahm aber glücklicherweise davon Abstand. Das einzige mimische Geschick war sein unnachahmliches Pokerface. Nur das allein hätte für eine Schauspielkarriere nie ausgereicht.

Alfred reckte sich und stieß dabei die Akte »Katthöfer« vom Schreibtisch, die über den Rand ragte. Blätter und Notizen verteilten sich über das glänzende Linoleum. Vorladungen und Protokolle flatterten bis unter die gräulichen Gardinen, er sammelte alles wieder ein und griff als letztes nach einem Foto. Ächzend stand er auf, dachte, *ich brauche mehr Bewegung,* knallte das Eingesammelte auf den Schreibtisch und legte die Papiere in den grauen Umlaufordner zurück. Die Stankowski, seine Kollegin, hatte die alte Akte doch noch gefunden. *Die Frau hat Spürsinn!* Sie hatte erzählt, dass sie das lange Gesuchte nicht im Karton »Katt«, sondern im nächsten, »Krickmeyer«, gefunden hatte. Wir war sie dort hingekommen? Mit Absicht? Denn Alfons Krickmeyer war längst tot, die Sache abgeschlossen, da schaute niemand mehr nach. Nur Rosemarie Stankowski. Das Foto, das Alfred noch in der Hand hielt, betrachtete er genauer – und stutzte. Dann machte er sogar die Schreibtischlampe an.

»Ich Knalltüte. Ich fass es nicht. Tatsächlich. Der sieht …« Alfred musste durch den aufgewirbelten Staub niesen, wie immer, Staub vertrug er nicht besonders. Er nieste sich fast sein Hirn aus dem Kopf, während der Schlips hin- und herflog. Endlich. *Rühmann!* »Katthöfer sieht ja wie der Rühmann aus! Ähnliche Größe, ich kenne ihn ja, und um die Augen … dieses Listige!« Alfred hüpfte wie ein Dittken durchs Büro. *Warum ist mir das nicht früher aufgefallen? Vor allem der Hut. Außerdem freundlich, elegant und arrogant. Je nachdem. Fritz Katthöfer?! Der? Natürlich – warum tauchte der vor ein paar Tagen bei Anna Puff auf? Doch nicht wegen der Schuhreparatur, niemals … Der wollte an Heinz' Sachen, dazu musste er dessen Geliebte weichreden, und die hätte dann … Er konnte ja nicht wissen, dass sich Heinz' Nachlass in der Thusneldastraße befand. Und genau deshalb war der auch so schnell wieder weg, als er mich dort traf … Aber geschickt ist er ja.*

Alfred setzte sich auf den Stuhl mit dem dunkelgrün gepolsterten Sitz und diesen abgesessenen Messingknöpfen. Schrieb aufgeregt, aber hochkonzentriert Stichworte auf, schnappte sich Katthöfers Akte, steckte sie in seine Aktentasche und eilte hinaus. Ein Schupo begegnete ihm im Flur, grinste und zeigte auf Alfreds Beine. Erst als Alfred draußen stand, sah er, dass er die ganze Zeit über die Fahrradklammern an den Hosenbeinen gehabt hatte.

Alfred veränderte seinen Gesichtsausdruck nicht. Wenn er eine Sache umkreiste, einkreiste, sah er fast zu entspannt aus. Fast ein bisschen blöd.

Er täuschte gern.

~ * ~

Alfred radelte mehrere Male an Katthöfers Wohnung und Werkstatt vorbei, darüber verblasste durch Regen und Sonne der geschwungene Schriftzug *Drogerie Gablonski* täglich mehr. Den Mantelkragen schlug er hoch, zog seinen Hut tief in die Stirn, genau so wie die Ermittler in amerikanischen Filmen. Jetzt allerdings wollte er seine »Beute« nicht sprechen, nicht aufscheuchen. Er wollte ihn spüren, sich einfühlen. *Wie denkt so einer? Was steckt wirklich hinter der Fassade, die er zeigt? Und dann diese Chuzpe, Forderungen zu stellen, Klagen anzudrohen. Blüten? Warum nicht, er scheint in vielerlei Hinsicht ein begnadeter Künstler zu sein …*

Dieser Film, der die Polizeiarbeit so detailliert zeigte, vor dem Krieg, wie hieß der noch? Holm, »Mordsache Holm«. Da wurde doch auch erst nach und nach herausgearbeitet, wer der Mörder war, und nur systematischer Arbeit war es zu verdanken, dass der Fall überhaupt ein Fall wurde, dass das Ganze nicht im Sande verlief. Ein Spielfilm, aber auch ein Referenzfilm für die Polizei, sagte man damals. Sind wir heute nicht mehr so gut? Oder besser?

Alfred konnte für den Augenblick nicht zwischen Wirklichkeit und Realität unterscheiden. Szenen aus dem Film liefen vor seinem inneren Auge ab, Katthöfers Gesicht schob sich dazwischen. Oder war es Rühmann?

Er hielt an, ohne es zu merken.

Alfred blickte ein letztes Mal an den Fenstern des Hauses hoch, sah nachdenklich auf das kleine Ladenlokal, dessen Fenster immer noch zugeklebt waren. *Wird er schon seine Gründe für haben. Ordentlich sah es vor dem Haus aus. Zupft Katthöfer das Unkraut eigenhändig weg?* Alles war zu einem riesigen, unübersichtlichen Problem geworden, das kaum zu entwirren war. Und er musste darüber sprechen.

Es roch nach Ärger. Er wendete und radelte die Pestalozzistraße entlang. *Soll ich zum Ruhrufer runterfahren?* Die Mailuft zog weich und nach Blüten duftend vorbei, und angenehm begütigend zog Thekla in seine Gedanken. *Ich fahr zu ihr, hoffentlich ist sie allein und hat Zeit für mich. Ich brauche sie jetzt.*

~ * ~

»Ich möchte dieses Wochenende bei dir bleiben. Ist das in Ordnung?«

Innerlich stöhnte Alfred, weil er es nie schaffte, ein bisschen charmanter zu fragen. Immer rutschten seine Worte, gerade bei dieser Frau, so sachlich heraus. Er warf den Ordner auf den Küchentisch. Signalisierte, ich muss arbeiten. Bei dir. Eigentlich war solch ein Verhalten mehr als unhöflich. Aber Thekla war eine großzügige Frau, die nie zu viel redete und sich mit ihm aufs Beste unterhielt. Und mit ihm lachen konnte. Jedenfalls nickte sie zum Einverständnis. Durch Alfreds Anwesenheit hatte sie Ruhe und konnte entspannt mögliche Kunden abweisen. Derzeit war ihre finanzielle Lage recht akzeptabel.

»Hör auf, Alfred.«

»Ach komm, lass uns ins Bett gehen.«

»Nicht jetzt. Behalt mal deine Finger bei dir, sonst schneide ich mich noch.«

»Du kannst nachher weitermachen.«

»Nein. Jetzt mache ich uns erst ein feines Abendessen. Geh mal an den Kühlschrank und hol raus, was ich schon vorbereitet habe. Nachher haben wir dann auch für viel schönere Dinge Zeit. Wenn du willst, das ganze Wochenende.«

Alfred riss die glänzend weiße Tür auf und staunte vergnügt. »Wurstsalat! Meine Güte, wann habe ich den zum letzten Mal gegessen.«

»Ein Straßburger.« Thekla wischte sich mit dem Ärmel Tränen aus den Augen, bevor sie die Zwiebeln weiter hackte. »Hab ich in der Schweiz kennengelernt, da war ich mal fast ein Jahr Hausmädchen. Naja, solange bis die Frau dahinterkam, dass ihr Mann seine Finger und auch anderes nicht bei sich lassen konnte. Da ist nicht nur Wurst, sondern auch Käse drin, Emmentaler. Frag bloß nicht, wie ich an den gekommen bin. Und bring die Gurken mit.«

»Was ist mit dem Bier?«

»Ist für dich – ich kenn dich doch.«

Alfred schluckte. In seinem Mund sammelte sich schon Flüssigkeit, während Thekla die Zwiebeln einsalzte. In diesem Moment vergaß er sogar Fritz Katthöfer.

»Bringst du den Sekt mit?«, fragte Thekla und steckte sich einen Kamm, der herausgerutscht war, in ihr rötliches, dichtes, aufgestecktes Haar zurück.

Alfred stellte Wurstsalat, Gurken und Bier ab, kehrte zurück zum Kühlschrank, holte den Kupferberg Gold raus. »Sekt, und gerade solch einer, ist eher was für die feine Gesellschaft.«

»Und? Sind wir nicht fein?« Thekla lächelte ihr spöttisches, unnachahmliches Lächeln.

Alfred besah sich die Flasche, die in Theklas Küche irgendwie falsch am Platz schien. Er blickte über seine Freundin hinweg, betrachtete die helle Blümchentapete, die Blümchengardinen und die Gartenbilder. Stellte fest, diese Art der Ausstattung wirkte für Thekla viel zu niedlich. Die war anders …

Schließlich sagte er: »Ich mag dieses Prickelwasser nicht. Steigt einem viel zu schnell in den Kopf. Wusstest du, dass da immer noch ein Kriegszuschlag von drei Mark pro Flasche mit einkassiert wird?«

»Glaub ich nicht, wir haben ja keinen Krieg mehr.«

Thekla stand vor dem Küchenbüfett aus geflammter Birke und schnitt dicke Scheiben vom frischen Graubrot ab.

»Ist aber so. Wer weiß, was die neuen Herren mit dieser Steuer machen. Nächstens rüsten sie doch wieder auf. Ein ordentliches Bier ist mir lieber und, wenn er zu haben ist, noch ein Klarer dazu.«

»Ist zu haben.«

Alfred saß vor dem Küchentisch. Die Tür zum Schlafraum stand offen, er hörte Theklas leises Schnarchen. Aufgeschlagen lag die Akte »Katthöfer« vor ihm. Die dritte Tasse Kaffee, halb ausgetrunken, wurde kalt. Ganz anders sein Kopf, der immer mehr glühte. Schnelle Überlegungen. Gedankenschnitte. *Wo ist die Verbindung von Katthöfer zu Lennewegs? Was haben die beiden für Geschäfte ausgetragen? Katthöfer ist kein Schieber. Ein 175er? Kann nicht sein. Katthöfer hat Frauen, Katthöfer geht zu Frauen, und der Heinz ging mit Anna Puff in die Kiste. Obwohl – soll ja auch welche geben, die alle Richtungen ausprobieren …*

»Haste 'n Kaffee für mich?«

Thekla stand in der Küchentür. Sie trug den Morgenmantel, den seidenen, der ihr so gut stand, ihr schmeichelte durch die Farbe, sanft wie Sahne. Sie stellte sich neben ihn und sah in die Unterlagen. Ihr linker Zeigefinger wies auf das Foto.

»Hat der was ausgefressen? Der?«

»Kennste den?«, fragte Alfred verlegen. Ihm war klar, was mit den Männern war, die Thekla kannte. Hatte ihm bisher nicht viel ausgemacht. Aber jetzt?

»Das ist ein ganz Feiner«, sagte sie. »Immer korrekt, immer großzügig, immer freundlich. Nur ist der Fritz sehr von sich eingenommen. Von seiner Schönheit und ganz besonders von seinem Können. Aber wenn man ihm Komplimente macht, ihn bewundert, kannste alles von ihm haben. Klug ist er auch. Was der alles weiß, über Kunst und Bilder und so …«

Abrupt stand Alfred auf. Der Stuhl schepperte. Dass Katthöfer auch bei Thekla ein- und ausging, machte ihn wütend. Die anderen Freier waren anonym, waren Geschäft. Das hatte er von Anfang an akzeptiert. Schließlich war er, genau genommen, selbst nur einer, wenn auch mit Sonderstatus. Eigenartigerweise musste er jetzt an den Wurstsalat denken. Aß sie mit Katthöfer etwa auch so etwas Gutes, machte sie mit dem alles wie mit ihm? Diese Vorstellung gefiel ihm nicht, Eifersucht schoss beißend wie Säure hoch.

Fehlt nur noch … Alfred wurde in diesem Gedankengang durch ein Klingeln unterbrochen.

Thekla ging zur Tür.

Er blieb in der Küche.

So war es vereinbart.

Alfred konnte nicht genau verstehen, was Thekla sagte. Die Stimme des ungebetenen Gastes kam ihm bekannt vor. Er hörte, wie Thekla ärgerlich wurde und erregt rief: »Jetzt aber nicht!« Dann knallte die Tür wummernd ins Schloss. Alfred ging zum Fenster.

»Goeke«, murmelte er. Sein Ton klang bitter. »Auch das noch.«

»Wir haben eine Abmachung«, hörte er Thekla hinter sich. »Und der«, sie zeigte auf Goeke, der gerade auf die andere Straßenseite wechselte, »ist ohnehin ein unangenehmer Mensch! Den nehme ich nicht mehr als Kunden. Was der alles will. Ist doch krank in der Birne. Was hat der für Ideen – kann ich gar nicht erzählen. Muss ich nicht haben. Ich mache ja immer gleich Schluss, wenn einer komisch wird, deshalb ist mir auch noch nichts passiert. Anders als …« Sie hielt inne, sie wusste ja, mit wem sie redete. Aber dann kam ihr ein Gedanke: »Und wenn der nicht aufhört, mich zu belästigen, dann verhaftest du den.«

Auf Alfreds Gesicht machte sich Enttäuschung breit. Was sollte er jetzt denken? Nun auch Goeke … Damit war die entspannte Stimmung zerstört. *Bin ich dein Zuhälter?* Sprach es nicht aus und schämte sich dafür. *Heiraten,* dachte er. *Ich sollte sie heiraten.* Scham und Sehnsucht flossen ineinander, er musste den unerträglichen Gedanken an den Staatsanwalt wieder vergessen. »Ich geh 'ne Runde spazieren.«

Wenn ich bleibe, raste ich aus. Hätte ich doch bloß die blöde Akte nicht mitgebracht, nie würde ich etwas über diese beiden Kunden wissen. Er zog seine Jacke an, packte die Akten ein und verabschiedete sich.

»Ich melde mich, wenn ich den Fall abgeschlossen habe.«

»Und das kann dauern?«, fragte sie nüchtern.

»Jetzt nicht mehr.«

~ * ~

Anna war auf dem Weg zur ehemaligen Drogerie und wollte Herta Gablonski besuchen. Die Frauen kannten sich schon lange. Von ihr bekam Anna manches, was so noch nicht auf dem Markt zu haben oder zu teuer war. Daher hatte sie auch ihr Rattengift – »Ne, ne«, hatte Frau Gablonski damals gesagt, »nehm Se nicht dieses Parathion, ist giftig wie Kampfgas aus'm Weltkrieg, sagte mein seliger Mann immer.« Stattdessen hatte sie ihr ein etwas harmloseres, für die Ratten aber trotzdem tödliches Gift gegeben. *Wenn sie das gefressen haben,* überlegte Anna, *dann hat es auch gewirkt.* Aber nicht alle Ratten mochten es. Schlau waren die Viecher und lernten schnell. Deshalb stellte Anna wieder die guten alten Fallen auf, die zuschlugen und den Ratten das Genick brachen. So sammelte sie anfangs jede Woche mehrere Nager ein, die einen vergiftet, die anderen mit schlappem Genick. In der letzten Zeit waren es deutlich weniger geworden. Zwei in der Woche, höchstens. Inzwischen war das Gift aufgebraucht, und sie benötigte Nachschub.

Als Anna das Gartentor öffnen wollte, hörte sie jemanden sprechen. Die Stimme, die kannte sie. Hastig ging sie am Tor vorbei. Gleich an der Ecke stand ein Vorfahrtsschild, dort blieb sie stehen, so als würde sie gleich über die Straße gehen und sichere sich nur ab. An dieser Stelle konnte sie aber noch gut hören, was die naive und neugierige Herta mit diesem unangenehmen Menschen, dem sie angeblich die Schuhe kaputtgefahren hatte, besprach.

»Nein, Frau Gablonski, Sie müssen mir nichts warmhalten. Sie wissen ja, ich brauche meine Diät, und die bereite ich mir am besten selbst zu.«

»Herr Katthöfer, wenn Sie mir nur genau erklären täten …«

»Danke. Vielleicht nehme ich Ihr Angebot mal an. Nur momentan habe ich wenig Zeit. Und heute weiß ich gar nicht, wann ich zurück bin. Ich habe einen Termin in Essen. Es wird wohl spät werden.«

»Wo Sie überall hin müssen.«

Katthöfer lachte. »Übrigens … mein Wasserhahn in der Werkstatt tropft. Könnten Sie noch heute den Klempner rufen?«

»Ja. Sicher«, hörte Anna die Witwe sagen, und es schien ihr, als klängen ihre Worte ärgerlich.

»Also dann, Frau Gablonski.«

»Soll ich Ihnen morgen ein Frühstück machen, wenn Sie heute so spät …?«

Katthöfer antwortete nicht mehr. *Hoffentlich kommt er nicht in meine Richtung,* dachte Anna. Doch da kam er schon, aber er ging hinter ihr vorbei und nahm sie nicht wahr. Als sie seine Schritte nicht mehr hörte, drehte sie vorsichtig den Kopf. Als er um die nächste Ecke gegangen war, drehte sie sich mit einem Ruck um. Herta Gablonski schlug gerade hinter sich die Haustüre zu.

Is 'n komischen Heini. Hier wohnt der, bei der Herta? Wozu braucht der Mann die alte Drogerie? Ich frage mich, ob dieser Katthöfer nicht auch meinen Heinz gekannt hat. Erst schleicht der in meiner Straße rum und meckert, ich hätte seine tollen Schuhe angeradelt, kommt tatsächlich mit der Rechnung … So was hab ich ja noch nie erlebt. Der kannte Heinz! Mein Bauchgefühl lügt nicht. Nie! Warum war er auf der Beerdigung? Muss doch einen Grund gehabt haben? Nur so kommt so ein Mann nicht. Gut sieht er ja aus. Ob er bei mir was über Heinz wissen oder in seinen Sachen schnüffeln wollte? Gut, dass Herr Poggel gerade da war. Diesem Katthöfer trau ich einiges zu. Ich meine, der ist ganz sicher ein Intelligenter. Und hat was versteckt Gefährliches an sich. Sie hielt die Luft an.

Ich kenne ja meinen Heinz. Er hat gern mal beschissen. Und wenn er den Katthöfer ganz fürchterlich geärgert hat? Ihm was geklaut hat? Ob die Bekanntschaft was mit Heinz' selbstgemachtem Geld zu tun hat? Und wenn? Dann kann der Katthöfer den Heinz auch getötet haben. Macht den feinen Herrn und … Laut atmete sie wieder aus. *Die Herta, die hat doch noch einiges aus dem alten Lagerbestand übrig.* Immer mehr Ideen prallten in Annas Gehirn aufeinander. Und die letzte, die dachte sie nicht einmal …

Auch wenn ich nur eine einfache Frau bin, dumm bin ich nicht, kann sehr gut eins und eins zusammenzählen, da hat schon mancher gestaunt. Ich glaube, auch der Herr Poggel ist da längst drauf gekommen.

Sie lächelte zufrieden, ging mit energischen Schritten auf die Tür zu und klopfte. Es dauerte, bis Herta Gablonski öffnete. Die Witwe hielt mit ärgerlicher Miene eine Rohrzange hoch. Erst als sie Anna erkannte, entspannten sich ihre Züge.

»Ich dachte schon, der Schmitz von nebenan fragt wieder nach Margarine, der will mir dabei immer an die Wäsche. Also diese alten …«

»Frau Gablonski, seh ich aus wie der geile Schmitz? Von dem redet ja schon halb Mülheim. So 'n ekliger Fummler, der. Ich brauche mal wieder Rattengift. Ein bisschen können Sie ja auch auf Schmitzens Margarine streuen.«

Beide kicherten.

»Kommen Sie«, sagte Frau Gablonski. »Sie können mir vielleicht helfen. Wissen Sie, sonst machte das ja mein Seliger.« Sie hob die Rohrzange hoch. »Bei meinem neuen Mieter, ein sehr charmanter Herr, tropft der Wasserhahn. Zu zweit geht's leichter.«

Besser kann ich es gar nicht treffen, dachte Anna und unterdrückte ein triumphierendes Grinsen. *Da kann ich mich gleich umschauen.*

»Welchen Wasserhahn meinte er denn?«, fragte Frau Gablonski. »Hab's schon wieder vergessen. Ich glaube, ich werde alt. Gehen wir erst in seine Werkstatt. Da schwächeln die Rohre sowieso überall …«

»Hier ist es aber aufgeräumt!«, staunte Anna. Gegenüber den Holzregalen hing ein breites Steingutbecken an der Wand. Der Hahn darüber tropfte. »Die Bretter hat er mit übernommen und sogar bezahlt, obwohl sie nix mehr taugen«, sagte die Witwe.

Sie versuchten, die Tropferei abzustellen. Die Rohrzange rutschte immer wieder ab. »Ich meine, nebenan, da haben wir einen kleinen Verschlag, da müsste noch anderes Werkzeug liegen. Ich schau mal.«

Währenddessen sah sich Anna neugierig um, betrachtete die Dinge auf den Regalen und an den Wänden. Sie bückte sich sogar und blickte unter den Spülstein. Aber da war nichts.

»Jetzt muss ich doch einen Klempner bestellen«, sagte Herta Gablonski.

»Wissen Sie was«, sagte Anna. »Das regeln wir anders. Ich kenne jemanden, der macht solche Kleinigkeiten schwarz. Sparen Se 'ne Menge.«

~ * ~

Wo kann er sein?, fragte sie sich. *Noch im Präsidium, oder?* Schnurstracks ging sie auf den nächsten Schupo zu, der mitten auf der Kreuzung stand, mit ausgebreiteten Armen den Verkehr regelte, und fragte nach der Straße.

»Von-Bock-Straße fünfzig!«

Dort war er nicht. Der Beamte an der Pforte sagte ihr unfreundlich, er sei mal wieder nach Hause gegangen, zum Nachdenken. Sie eilte zurück. Er war aber auch nicht hier. »Ich brauche ihn, jetzt und schnell!« Verzweifelt sank sie auf einen Küchenstuhl. In solchen Situationen wurde ihr Denken nervös und ein Hang zum wehleidigen Heulen kam auf. Bevor die erste Träne floss, hörte sie Schritte auf der Treppe. Anna sprang hoch, rannte und riss die Tür auf …

»Herr Poggel, gut, dass Sie kommen … Ich hab Sie schon gesucht, auf der Polizei sagte man mir …«

»Nun holen Sie erstmal Luft.« Alfred fühlte sich überrumpelt und versuchte, etwas Distanz zu schaffen. »In der Polizeiinspektion waren Sie? Ist was passiert?«

»Sie müssen mitkommen«, rief Anna wieder und griff nach ihrer Strickjacke. »Sofort! … Noch ist er weg, aber bis er wiederkommt, können wir vielleicht was gefunden haben.«

»Moment … langsam. Wohin soll ich? Erzählen Sie alles. Von Anfang an. Sonst komme ich nirgendwo mit hin.«

Anna sah ihn entgeistert an. Drehte sich um, ging in die Küche, setzte sich und wippte ungeduldig mit den Füßen. *Typisch Beamter,* dachte sie. *Alles mit Zeit. Gott, gerade jetzt!* Als Alfred ihr gegenüber saß, begann sie zu erzählen.

~ ⋆ ~

Alfred fühlte sich nicht wohl in Heinz Lennewegs' Latzhose. Sie war zu eng, kniff im Bund, und er fürchtete, die Nähte würden platzen, wenn er sich falsch bückte. In der linken Hand hielt er den hölzernen Werkzeugkasten mit dem Klempnerwerkzeug. »Von Heinz«, hatte Anna gesagt. »Der hatte alles an Werkzeug, was man irgendwo brauchen konnte.«

Er klopfte. Frau Gablonski öffnete.

»Hat etwas gedauert, der Mann hat so viel zu tun. Alfred ist begehrt, sozusagen der Herr über alle Bleche, fürs Gas und die Wasserinstallationen. Der macht Herrn Katthöfers Hahn sozusagen tropffest«, sprudelte es aus Anna heraus.

Duzen wir uns jetzt?, fragte sich Alfred, hielt aber den Mund, um die Aktion nicht zu gefährden.

»Ich bin Ihnen sehr dankbar, Herr …«

»Gas- und Wasserinstallationen Poggel.« Er deutete eine Verbeugung an, dabei merkte er am Gesäß, wie die Nähte spannten.

»Was da schon durch den Abfluss getropft ist. Kann man ja bei arm werden.« Jetzt sah die Witwe raffig aus.

»Haben Sie keinen Topf druntergestellt?«, fragte Alfred harmlos.

»Wieso?«

»Sie hätten das Wasser zum Kochen nutzen können, zum Blumengießen, zum Abwasch oder …«

»Was nehmen Sie?«, fragte Herta Gablonski spitz. »Länger als eine Stunde wird's doch nicht dauern?«

»Wer weiß das schon …« *Zicke,* dachte Alfred. *Mach ich hier den Deppen?* »Keine Sorge, es wird sicher nicht zu teuer für Sie.«

»Ich geh denn mal vor.« Wie eine Entenfamilie gingen sie hintereinander her in die Räume der ehemaligen Drogerie. Herta voran. Sie schwankte etwas beim Gehen. Sie hatte was an der Hüfte. In der Mitte lief Alfred mit seinem Werkzeugkasten und zog ständig den Bauch ein. Am liebsten hätte er die Latzhose jetzt und hier ausgezogen. Schlusslicht war Anna, die alles mit den Augen abtastete.

Die Dichtung musste ausgetauscht werden. Während Alfred dies feststellte, setzte er eine bedeutsame Miene auf, legte sich unter die Spüle und ging danach die Wasserleitungen im ganzen Haus ab – Frau Gablonski immer im Schlepptau –, damit Anna genügend Zeit für ihre Suche blieb. Als er fand, die Sache nicht mehr länger hinziehen zu können, kam Anna ihnen entgegen, zwinkerte Alfred zu und sagte: »Dauert's noch? Oder bekommt das Haus jetzt neue Wasserleitungen?«

»Ich muss mal eben das Wasser für einen Augenblick abstellen«, sagte Alfred, »dann haben wir's.«

Er tauschte die Dichtungen aus, was schnell gemacht war, und präsentierte Herta den Wasserhahn, der zugedreht keinen Tropfen mehr abgab. »Und auch sonst sind diese alten Leitungen noch erstaunlich in Ordnung. Gut gepflegt, wenn ich das mal so sagen darf.«

»Was bin ich Ihnen dankbar, Herr …«

»Poggel.«

»Hat aber auch gedauert. War viel kaputt? Hoffentlich wird's nicht so happich.«

»Zum Schluss ging's schnell. Aber die Ursache des Ganzen muss ja zuerst gefunden werden.«

Die Witwe nickte. »Was bekommen Sie?«

Alfred wusste überhaupt nicht, was Klempner so in Rechnung stellten. Und überhaupt – durfte er das? Als Beamter? Er winkte ab. Ganz lässig. »Lassen Sie mal. Das geht heute einmal so. Anna hat bei mir noch was gut.«

Die Witwe sah Alfred plötzlich mit anderen Augen an. *Ist doch 'n ganzen Stattlichen. Für einen Handwerker sieht er recht sauber aus, hat sogar reine Fingernägel. Die Anna Puff hat aber auch ein Glück.*

»Vielleicht kochen Sie uns noch einen Kaffee?«, fragte Anna schnell, um für Alfred noch etwas Zeit herauszuschinden. »Solch eine Belohnung nimmst du doch an?«, fragte sie Alfred scheinheilig. Der nickte.

»Kaffee? … Sofort.« Die Witwe hatte es plötzlich eilig, band bereits im Fortgehen ihre Schürze ab, warf beim Vorübergehen einen Blick in den Spiegel und verschwand in der Küche.

»Auf den Regalen ist nichts. Aber in der Besenkammer«, flüsterte Anna. »Ganz oben auf dem Brett, hinter den

Farbdosen, Tuben und Pinseln. Ich geh Frau Gablonski hinterher, damit sie Ihnen nicht dazwischenfunkt.«

Besenkammer?, überlegte Alfred. *Und wo?* Er fand sie schnell. Und er fand auch sofort das E605. Schnell wusch er sich die Hände unter dem reparierten Wasserhahn und erschien mit einem strahlenden Lächeln in der Gablonski-Küche. Auch Frau Gablonski strahlte, und Anna beobachtete die Frau misstrauisch. Dann aber verstand sie. Herta wies auf ein Ölbild an der Wand. »Das sind Sie ja!«, staunte Anna.

»Wunderschön, nicht wahr, Herr Poggel? Hat Herr Katthöfer gemalt. Ist ein wunderbarer Künstler und großartiger Mensch.«

~ * ~

Er schickte Schnittger und Fräulein Stankowski mit dem Durchsuchungsbeschluss zu Frau Gablonski. Selbst traute sich Alfred nicht – einmal weil er als Klempner aufgetreten war und dann wegen der Frau selbst, wie die ihn zuletzt angesehen hatte, plötzlich geschminkt und gekämmt … och nee. Dazu dieses Glitzern in ihrem Blick.

»Hausdurchsuchung?«, hatte Goeke entgeistert gefragt. »Bei Fritz Katthöfer? Mordverdacht? An Lennewegs?« So schnell und widerspruchslos hatte Alfred den Staatsanwalt noch nichts unterschreiben sehen.

Die Kollegen brachten nicht nur das E605. »Schauen Sie sich gründlich um! Vielleicht finden Sie noch mehr.« Sie fanden. Rosemarie Stankowski entdeckte eine Presse für die Herstellung von Blüten, die Katthöfer so genial in einen Schrank eingebaut hatte, dass er sie herausziehen und nach getaner Arbeit wieder wegschließen konnte. Dazu mehrere Druckplatten für Fünfer und Hunderter.

Alfred bat Dr. Goeke um einen Haftbefehl. Was hatte der Staatsanwalt da aufgelacht! So erleichtert. Unterschrieb, bot Alfred einen Cognac an und nannte ihn »meinen besten Mann«. Ganz komisch wurde es Alfred dabei, und misstrauisch wurde er auch. *Aber den nehme ich mir später vor,* hatte er gedacht. *Erst Katthöfer – dann Doktor Goeke. Einen nach dem anderen. Wer weiß, vielleicht ist der gar kein richtiger Doktor. Das wäre was. Dann hätte ich noch mehr Spaß mit ihm.*

Als Alfred dann Katthöfer mit den Fundsachen konfrontierte, nickte der die Falschgeldgeschichte schnell ab. »Falschgeld – das gebe ich zu. Das habe ich gemacht. Der Künstler in mir will ja immer noch was zu tun haben«, lachte er. »Aber Mord? Das können Sie vergessen. E605 hat heute jeder im Keller. Was heißt das schon.«

Aber Alfred hatte mehr als nur das E605. Er hatte noch die Druckplatte und Heinz' umgebaute Mangel. Und er hatte einen Zeugen aus dem Café Sander. Als der Konditor Katthöfer identifizierte – »Zweifelsfrei, Herr Poggel. Der war dat.« –, da knickte er ein.

»Eine großartige Leistung«, sagte Dr. Goeke zu Alfred und wurde fast ein wenig rot, denn ein Lob auszusprechen lag ihm nicht.

»Ich meine, Herr Poggel könnte schon mal einen ausgeben?«, sagte Schnittger und die Stankowski lachte.

Epilog

»Herr Poggel? Ich hab Kaffee gekocht, den arabischen, wissen Sie? Und Apfelkuchen gebacken. Wolln Se nicht probieren?«

Alfred hatte so gar keine Lust auf einen Schwatz mit seiner Vermieterin. Aber der Kaffeeduft, gemischt mit dem Geruch des frisch gebackenen Kuchens, da konnte er nicht nein sagen.

Er setzte sich, ließ sich einschenken, einen Teller mit zwei dünnen Stückchen Kuchen rüberschieben und versuchte sich zu beherrschen. *Die ist aber rausgeputzt,* dachte er, als er Anna anschaute. Ihr Gesicht glühte. *Die roten Wangen stehen ihr gut!* Schnell sah er an dem Ausschnitt ihres Kleides vorbei, der einen schönen Brustansatz zeigte.

»Sie kommen gerade vom Gericht?«, fragte sie. Er nickte, kaute, spülte schnell mit Kaffee nach und verbrannte sich die Lippen.

»Heiß«, sagte er, verschluckte sich, musste husten und hatte sofort Anna hinter sich, die auf seinen Rücken einschlug.

»Gut …« Er bekam eine neue Hustenattacke und musste die Schläge seiner Vermieterin aushalten. Endlich kam der Krümel aus der Luftröhre wieder hoch. Er griff nach Annas Hand und hielt sie fest. »Warum prügeln Sie mich?«, fragte er wütend, mit hochrotem Kopf.

»Der Krömmel musste doch ausse Luftröhre. Dass Sie mir hier nicht ersticken, dazu noch in meiner Küche. In meiner Wohnung, hörn Sie, stirbt niemand mehr!«

»Aber doch nicht so!«, rebellierte Alfred.

»Isser raus?«, fragte Anna. Alfred nickte.

»Na also«, triumphierte Anna. »Nu essen Sie aber langsamer. Ich will auch gar nichts wissen, bevor Sie fertig sind.«

Alfred überlegte, ob er nicht einfach verschwinden könnte. Aber er wollte doch wenigstens den Kaffee austrinken. Und den halbgegessenen Kuchen – lecker, sehr lecker –, den konnte er nicht verkommen lassen. »Wo haben Sie denn die Äpfel her?«

»Vonne Gablonski, die hat ja so viele Bäume im Garten. Die ersten aus diesem Jahr, vielleicht zum so essen noch ein bisschen sauer, aber im Kuchen …«

»Lecker!« Alfred verlor Krümel aus dem vollen Mund. Ehe er sich versah, lag ein weiteres Kuchenstück auf dem Teller, größer als die ersten. Als es aufgegessen war und die dritte Tasse Kaffee vor ihm dampfte, blickte er einigermaßen gesättigt Anna Puff an.

»Wie es bei Gericht war? Warum sind Sie nicht gekommen?«, fragte er. »Die Verhandlungen waren doch öffentlich.«

»Ach nee«, winkte Anna ab. »Den Mörder von mein Heinz sehen – das hätte ich nicht noch mal ausgehalten. Ich hätte geheult oder den angeschrien oder sonst wie gestört. Ist wichtiger, dass der Mann verurteilt wurde. Wird er gehängt oder erschossen?«

»Der bleibt lebenslang im Zuchthaus.«

»Warum? Letztes Jahr haben sie doch noch diesen Mörder in Tübingen, den … wie hieß er noch?«

»Richard Schuh.«

»Genau – und der war noch so jung. Keine dreißig …«

»Ich glaube nicht, dass in Deutschland noch viele Todesurteile verhängt werden, zumindest nicht in den Westzonen. Vielleicht noch für Kriegsverbrecher.«

»Und dieser Schuh, der hat nur für Autoreifen gemordet. Da war doch der Katthöfer, dieser glatte Bischek, ein viel Schlimmerer.«

»Glauben Sie mir, Frau Puff, die Todesstrafe wird sicher sehr bald abgeschafft. Und gut ist's dann. Gebracht hat sie nicht viel. Und Tote hatten wir in den letzten Jahren wirklich genug.«

Er stand auf, griff in die Tasche, zog drei zerknitterte Geldscheine heraus und legte sie auf den Tisch. »Das ist das Geld von Lennewegs, das ich bei Ihnen konfisziert habe. Es ist echt – sie können es also ausgeben, ohne verhaftet zu werden. Danke für den ausgezeichneten Kuchen und den Kaffee. Aber ich habe noch einen Termin.«

~ ⋆ ~

Thekla stand am Fenster und schaute in das sonnige Oktoberwetter hinaus. Tauben flogen zurück in ihren Schlag. Der Nachbar, der erst vor kurzem aus der Kriegsgefangenschaft heimgekommen war, winkte ihr zu. Er stand da oben, hatte das Fenster für die Vögel geöffnet. Thekla konnte sein Unterhemd sehen und die Haare auf seiner Brust. Ein Stockwerk tiefer guckte eine alte Frau aus dem Fenster und hatte ein Kissen unter ihren Armen. Sie sang irgendetwas. Thekla rief »Guten Abend!« Da drehte die Frau sich weg. So etwas war ihr in der letzten Zeit des Öfteren passiert. Dabei achtete sie sehr darauf, dass niemand im Haus durch ihre Kunden gestört wurde. Sie wie alle anderen Frauen gekleidet war. Aber sie spürte, dass man über sie tuschelte. *Wie soll alles weitergehen?*

Und Alfred, der aß zum zweiten Mal an diesem Tag Kuchen. Kirschtorte. Trank Kaffee. Wenn dieser auch nicht so gut war wie Annas. *Bisschen mit geröstetem Löwenzahn gestreckt.*

»Der Staatsanwalt Goeke …«, tastete sich Thekla vom Fenster aus vor, ohne sich umzusehen.

»Ja?«

»Der kommt nicht mehr?«

»So schnell nicht.«

Thekla drehte sich um. »Also doch irgendwann?«

»Ich glaube kaum.«

Er dachte an Paula Goeke. Irgendwie hatte er ja gehofft, dass sie einen Schlussstrich ziehen und ihren Mann verlassen würde. Dann hätte er um sie werben können. Aber sie hatte nicht daran gedacht. »Es wird alles anders«, hatte sie zu ihm gesagt, als er sie nach der Gerichtsverhandlung nach ihren Plänen fragte. »Er wird in Behandlung gehen. Ich warte auf ihn. Das wird ihn die Haft aushalten lassen. Wir werden wegziehen, Heidemarie und ich, damit das Kind nicht in der Schule für den Vater leiden muss – es wird ja alles durch die Zeitungen bekannt. Aber wenn er wieder frei ist, der Richard, dann sind wir für ihn da.« Alfred wünschte ihr Glück und verfluchte im Stillen sein Unglück, dass jede Frau, die er sich als Lebenspartnerin vorstellen konnte, für ihn nicht zu erreichen war.

»Was heißt das? Du glaubst es kaum? Nun rede doch.«

»Goeke hat seinen Posten als Staatsanwalt auf Lebenszeit verloren. Außerdem muss er sich noch in einem Prozess vor der Militärregierung wegen seiner Aktivitäten im tausendjährigen Reich verantworten. Das wird ihm eine Haftstrafe einbringen, mindestens zwei Jahre, vielleicht etwas mehr. Er bereicherte sich ja an Katthöfers Vermögen, noch vor dem Krieg, und nicht nur daran. Das konnten wir anhand der alten Akten, die meine Mitarbeiterin aufgespürt hat, feststellen.

Vieles aus seinem jetzigen Vermögen wird er herausrücken müssen, da bleibt nicht viel übrig. Ich hoffe, seine Frau und die Tochter haben etwas Eigenes …«

»Das hoffst du?«, fragte Thekla entrüstet.

»Was können die zwei für den Mann und Vater?«

»Und für das, was er den anderen Frauen angetan hat?«

»Keine hat ihn angezeigt. Wo kein Kläger …«

»Prostituierte haben es vor Gericht schwer. Das weißt du auch«, sagte Thekla und wandte sich ab.

»Paula … also Goekes Frau, erzählte mir, dass er sich wegen seiner Veranlagung behandeln lässt. Wenn er also wiederkommen sollte, was ich nicht glaube, denn in Mülheim kennt ihn ja jetzt jeder, dürfte keine Gefahr mehr von ihm ausgehen.«

»So was kann man heilen?«

»Ich denke doch, zumindest wurden da schon einige Erfolge erzielt, dank eines gewissen Doktor Freud.«

»Ach, diese Doktoren …«, winkte Thekla ab. »Und dann geht alles wieder von vorne los.«

»Warum warst du nicht in der Verhandlung?«, fragte Alfred.

»Frauen wie mich sieht man nicht gern bei Gericht. Richter und Polizei – nee, das ist nichts für mich.«

Alfred lachte.

Thekla drehte sich wütend um. »Was lachst du?«

»Ich bin auch Polizist.«

Später lagen sie nebeneinander, und während Thekla den Rauch der Zigarette an die Decke blies, kam Alfred noch einmal auf den Mörder zurück: »Katthöfer, den hast du ja auch gekannt.«

Thekla antwortete nicht.

»Ihn hättest du während der Gerichtsverhandlung sehen sollen. Erst bekam er recht mit seiner Klage. Man gestand ihm Schadensersatz zu für das, was ihm vor dem Krieg passiert ist – unter anderem von Goeke gedeckt – und dann gleich hinterher verpasste ihm die Richterin für diesen heimtückischen Mord in Tateinheit mit Falschmünzerei lebenslängliche Haft.«

»Der ist also auch eingesperrt?«, fragte Thekla. »Schade. Ist eigentlich ein Feiner, wenn auch ein bisschen arg eitel.«

»Ja ... Wenn der überhaupt noch mal wieder entlassen wird, dann ist er so alt, dass der gerade mal den Weg zu seinem Grab allein gehen kann.«

Es klingelte. Thekla warf sich den Bademantel über, zog den Gürtel fest und ging zur Tür.

Alfred legte sich aufs Bett zurück, seufzte und träumte mit offenen Augen.

»Herr Poggel, Herr Poggel ... er hat sich umgebracht.«

Anna Puff stand vor dem Bett und Thekla mit wilden Handbewegungen dahinter.

»Ich konnte sie nicht aufhalten. Wer ist die Frau überhaupt?«

»Meine Zimmerwirtin. Frau Puff, was machen Sie denn hier?«

»Er ist tot!«, rief Anna.

Vor Alfreds Auge erschien Paula Goeke, tränenüberströmt. Er musste ihr beistehen. Sofort. Musste bei ihr sein und sie trösten. Dann hätte er vielleicht noch eine Chance. Die Bewegung, das Federbett beiseite zu werfen und herauszuspringen, konnte er gerade noch unterdrücken. Nackt wollte er nicht vor seiner Wirtin stehen. Er setzte sich vorsichtig auf.

»Frau Puff, was soll das? Und wie haben Sie von Doktor Goekes Tod überhaupt erfahren?«

»Wer ist das denn?«, fragte Anna hocherstaunt.

»Sagen Sie mir jetzt genau, wer überhaupt tot ist. Ein Kanarienvogel oder was?«

»Na, der Katthäuser …«

»Katthöfer«, verbesserte sie Alfred. Er klang resigniert. Die gleiche Hoffnung zerstob zum zweiten Mal an diesem Tag ins Nichts, war nur eine Seifenblase gewesen.

»Ja, Heinz sein Mörder hat sich im Gefängnis erhängt. Ihre Kollegin, das schöne Fräulein Stankowski, war da und hat nach Ihnen gesucht. Eben, weil er nun dahin ist.«

Frauen, dachte Alfred. *Können nicht die Klappe halten. Eigentlich ungeeignet für den Dienst bei der Kriminalpolizei. Aber mich fragt ja keiner.*

»Ich komme gleich«, sagte Alfred und deutete an, dass er jetzt keine Zuschauer beim Ankleiden brauchte.

»Thekla, koch Frau Puff doch bitte eine Tasse Kaffee.«

~ ⋆ ~

Als sie vor dem Haus standen, wurde Alfred die Situation erst richtig bewusst. Seine Vermieterin hatte ihn bei einer Prostituierten aufgestöbert. Nachträglich wurde er rot, dann sogar noch stärker, denn er hatte Thekla nie als Prostituierte gesehen und schämte sich dafür, sie in Gedanken so genannt zu haben. Er behandelte sie ja auch anders – und sie ihn – glaubte er. *Oder?*

»Woher wussten Sie eigentlich …?«

»Wo Sie sind?« Anna machte ein spitzbübisches Gesicht, kicherte und ging nach links davon. »Bis später, Herr Poggel.«

Alfred ging nach rechts, um in der Von-Bock-Straße mehr zu erfahren. *Diese Puff,* dachte er. *Ich muss mich in acht nehmen. Die weiß, wo ich außer Haus nächtige, und das Gift beim Katthöfer hat sie auch entdeckt. Nächstens sitzt sie noch auf meinem Posten.* Er lachte.

Nachwort

Einen Krimi in den fünfziger Jahren anzusiedeln, ist nicht auf den ersten Blick schlüssig. Dass die Autoren diese Zeit gewählt haben, ist nicht allein dem Aufwachsen in diesen Jahren geschuldet, sondern auch der Tatsache, dass es einen deutschen Kriminalroman in den fünfziger Jahren kaum gegeben hat. Man las Krimis aus dem Ausland – etwa Edgar Wallace oder Georges Simeon. Der Verlag Kiepenheuer & Witsch hatte mit der Maigret-Reihe ab 1954 großen Erfolg. Deutsche Krimis, die in den Fünfzigern erschienen, spielten an anderen Schauplätzen. So ermittelte Jerry Cotton seit 1954 Heft für Heft in New York. Friedrich Dürrenmatt griff als einer der wenigen dieses Genre früh auf, nachdem er bereits mit seinen Theaterstücken Erfolg hatte. 1950 erschien »Der Richter und sein Henker«, ein Jahr darauf »Der Verdacht«.

Wir können die Zeit nicht zurückdrehen, aber wir können einen Kriminalroman in die fünfziger Jahre verlegen.

Mülheim kam als idealer Schauplatz in Frage, weil dieses Umfeld für einen vorherigen Roman bereits erkundet und recherchiert wurde. Zudem gibt es bei der Autorin Lokalkenntnisse aus der Kindheit, beim anderen Autor wenigstens Lokalkenntnisse »aus dem Pott«, weil er dort aufgewachsen ist.

Der erste dokumentierte Mord mit E605 geschah im Jahr 1952. Christa Lehmann vergiftete damit zunächst ihren Mann, ein Jahr darauf ihren Schwiegervater, später noch ungeplant eine Freundin. Wir haben uns erlaubt, den ersten Mord mit diesem Insektizid etwas vorzuverlegen. Literarisch ist dies legitim, und für den sehr unangenehmen Tod haben wir uns beide schon bei unserem Opfer entschuldigt.

Danksagungen und anderes

Dass dieser Roman geschrieben werden konnte, ist natürlich vor allem der hervorragenden Zusammenarbeit der beiden Autoren geschuldet, die das zuvor bereits mit zwei Romanen erproben konnten. Aber auch unsere Lektorin Julia Ströbel muss erwähnt werden. Als sie unser Manuskript bekam, half sie, den Roman von manchen Ungenauigkeiten zu bereinigen, schliff an mancher Ecke und Kante, so dass sich niemand mehr dran verletzen kann.

Großer Dank geht auch an die Kolleginnen und Kollegen aus dem 42er Autoren e.V., die mentale Unterstützung gaben. Namentlich hervorgehoben werden muss Wolf P. Schneiderheinze, unser »Mann vor Ort«, der auch ein Gastkapitel zu diesem Buch beigesteuert hat (das zwölfte). Ebenso Andreas Simon und Petra Wilfert, die als erste Testleser noch Impulse zur Verbesserung des fertigen Manuskripts gaben. Margot S. Baumann half aus, als wir einen Satz in bestem Schwyzerdeutsch benötigten. Auch Ulrich Hefner darf nicht unerwähnt bleiben, Kollege und im Brotberuf Polizist in Tauberbischofsheim. Er half uns, über den kleinen Dienstweg die Lokalität der Kripo in den Fünfzigern in Mülheim zu finden. Die Anfrage bei der Pressestelle der Polizeidirektion in Essen war bis dahin ohne Ergebnis. Nachdem alles geklärt war, kam kurioserweise der Anruf eines Essener Pressesprechers, der erklärte, dass die gewünschten Informationen heute nicht mehr zu beschaffen seien. Dafür waren die Nachfragen bei Friedhelm Großenbeck vom Stadtcafé Sander erfolgreich.

Auch den Mülheimern Renate und Helmut Schröter sei für ihre Stadtführung, insbesondere durch das Dichterviertel, gedankt.

Die Geschichte um Anna Puff & Alfred Poggel ist auf dem Mist der Autoren gewachsen. Ähnlichkeiten mit Personen und Handlungsorten sind durchaus erwünscht, aber nicht gewollt. Kompromittiert werden soll niemand, sondern nur Zeitkolorit und Regionalität so weit wie möglich den tatsächlichen Gegebenheiten entsprechen. Vorbilder aus dem wirklichen Leben für einen unserer Protagonisten oder Nebenfiguren haben wir nicht genommen – bis auf eine Ausnahme. Die ist als Hommage anzusehen. Ungenauigkeiten oder möglicherweise sogar falsche Beschreibungen von Umständen und Orten sind einzig von den Autoren zu verantworten.

Monika Detering
Horst-Dieter Radke

Buchhinweise

Mordsgeschäfte

Ein Sauerland-Krimi

Martin Sudermann

ISBN 978-3-95400-028-9 | 12,00 € [D]

In den rauchenden Ruinen einer Fabrik im sauerländischen Grüneck entdeckt die Feuerwehr eine Leiche. Ein Unfall, ein Einbrecher? Aber wieso dann der Schädelbruch? Unabhängig voneinander beginnen Kommissarin Ulrike Schrader und der Journalist Thomas Krüdewagen in ihrer Sauerländer Heimat in der Vergangenheit zu wühlen.

SUTTON KRiMi